BRI BLACKWOOD

HERDEIRO
Ardiloso

Traduzido por Allan Hilário

1ª Edição

2024

Direção Editorial:	**Revisão Final:**
Anastacia Cabo	Equipe The Gift Box
Tradução:	**Arte de capa:**
Allan Hilário	Amanda Walker PA and Design
Preparação de texto:	**Adaptação de capa:**
Mara Santos	Bianca Santana
Diagramação:	Carol Dias

Copyright © Bri Blackwood, 2022
Copyright © The Gift Box, 2024

Todos os direitos reservados.
Nenhuma parte do conteúdo desse livro poderá ser reproduzida em qualquer meio ou forma – impresso, digital, áudio ou visual – sem a expressa autorização da editora sob penas criminais e ações civis.
Esta é uma obra de ficção. Nomes, personagens, lugares e acontecimentos descritos são produtos da imaginação da autora. Qualquer semelhança com nomes, datas ou acontecimentos reais é mera coincidência.

Este livro segue as regras da Nova Ortografia da Língua Portuguesa.

CIP-BRASIL. CATALOGAÇÃO NA PUBLICAÇÃO
SINDICATO NACIONAL DOS EDITORES DE LIVROS, RJ
Gabriela Faray Ferreira Lopes - Bibliotecária - CRB-7/6643

B565h

Blackwood, Bri
    Herdeiro ardiloso / Bri Blackwood ; tradução Allan Hilário. - 1. ed. - Rio de Janeiro : The Gift Box, 2024.   (Universidade Brentson ; 3)

    Tradução de: Devious heir
    ISBN 978-65-85940-15-3

    1. Romance americano. I. Hilário, Allan. II. Título. III. Série.

24-88640   CDD: 813
                CDU: 82-31(73)

NOTA DA AUTORA

Olá!

Obrigada por dedicar seu tempo para ler este livro. Herdeiro Ardiloso é um dark romance de inimigos a amantes e um romance universitário bilionário. Ele não é recomendado para menores de 18 anos e contém situações duvidosas e que podem servir de gatilho. O livro também inclui violência explícita, sequestro e breves menções a um distúrbio mental que também pode ser um possível gatilho. Não é um livro único, mas a história de Nash e Raven está completa.

O capítulo 25 pode ser desencadeador por causa da violência gráfica.

CAPÍTULO 1
NASH

Há mais de dois anos

Eu coloquei outro pedaço de lasanha em minha boca e saboreei o gosto dela. Ela era caseira e absolutamente deliciosa.

Limpei meus lábios com um guardanapo antes de tocar a mão de Raven, que estava perto do meu copo.

— Eu lhe disse que tudo ficaria bem.

Ela olhou para mim com seus olhos azuis e sorriu. Suas bochechas estavam levemente coradas. Normalmente, ela ficava assim por minha causa, mas, dessa vez, não era esse o caso. A expressão de alívio em seu rosto era o que eu esperava ver nas últimas semanas.

Era a primeira vez que nossos pais se encontravam além de se verem de passagem. Raven e sua mãe, Clarissa, decidiram receber minha família em sua casa para um jantar. Desde que esse plano foi feito, Raven estava nervosa sobre como tudo isso aconteceria. Embora não a culpasse por estar preocupada, parecia que tudo tinha sido em vão.

Até agora, a noite havia transcorrido sem problemas. Ver o estresse sair visivelmente do corpo dela era algo que desejava desde que a mãe de Raven decidiu que seria uma boa ideia fazer algo para reunir nossas famílias por uma noite.

Era uma boa ideia, mas até eu sabia que tanto Raven quanto Clarissa teriam uma batalha difícil com pelo menos uma pessoa na sala.

Olhei para minha irmã, Bianca, e percebi que ela estava com o celular na mão. Isso não me surpreendeu, porque parecia que era tudo o que ela fazia hoje em dia.

Minha mãe estava conversando com Clarissa e só restava o meu pai. Seu olhar se alternava entre mim e Raven, e entre minha mãe e Clarissa, mas ele não fez nenhum movimento para se envolver em nenhuma das conversas.

— Nash?

Voltei minha atenção para Raven.

— Você pode ir lá fora comigo?

Assenti com a cabeça e empurrei minha cadeira para trás. Raven jogou o guardanapo na mesa antes de se levantar da cadeira. Sua mãe nos deu um pequeno aceno e não me preocupei em olhar para mais ninguém no cômodo quando saímos.

Segui Raven até a porta da frente e a fechei atrás de nós depois que saímos. O ar fresco que nos recebeu foi uma bela mudança em relação à casa quente que tínhamos acabado de deixar. Demos alguns passos para a esquerda, não ficando diretamente em frente à porta, mas ainda assim podíamos olhar para dentro da casa por causa do vidro embutido nela.

— Está tudo bem? — perguntei antes que ela tivesse a chance de falar.

Ela se virou para mim e imediatamente caiu em meus braços. Suas palavras foram murmuradas contra meu peito.

Passei a mão em suas costas e disse:

— Passarinho, vou precisar que você fale mais alto porque não consigo ouvi-la.

Ela agarrou minha camisa com força antes de se afastar um pouco.

— Estou muito feliz que isso não tenha sido tão horrível quanto eu imaginava.

— Não vou dizer que te avisei, mas vou dizer que disse que não havia motivo para ficar nervosa. — Fiz uma pausa antes de continuar. — Mas isso não invalida seus sentimentos de forma alguma, porque entendo por que você ficou assim.

Era bastante óbvio que meus pais e Clarissa tinham círculos sociais diferentes. Embora meus pais nunca tivessem me falado nada sobre isso, não era nenhuma surpresa que os amigos deles fossem todos muito críticos. Era fácil pensar que essas opiniões seriam compartilhadas por meus pais.

Se eles tivessem dito algo depreciativo sobre Raven ou sua mãe, eu teria dito algo imediatamente. Tentei tranquilizar Raven de que tudo ficaria bem e, embora a tivesse visto relaxar visivelmente quando disse algo, a sensação não durou muito. A única coisa que aliviaria permanentemente o nervosismo dela era que conseguíssemos passar pelo jantar desta noite.

— Não quero passar uma má impressão para seus pais ou para a Bianca.

O que ela não percebia era que nunca poderia fazer isso sendo ela mesma. Bianca não se importava com muita coisa além de quem ela estava trocando mensagens no momento. Meus pais me apoiariam em qualquer coisa que me fizesse feliz, desde que não fosse prejudicial a outra pessoa.

— Estar com você me faz feliz, e isso é tudo o que importa para eles.

— Pelo menos isso trouxe um pequeno sorriso aos lábios dela.

— Você também me faz feliz. Mas sempre penso que os planos deles para você envolvem você estar com alguém que é...

Ela fez uma pausa por um segundo e suspirou.

— Que eles gostariam que você ficasse com alguém bem relacionada e mais rica do que eu jamais serei.

— Não me importo com o que eles pensam. É com você que eu quero estar. Tente deixar suas preocupações de lado e aproveite esta noite pelo que ela é. Uma refeição agradável entre nossas famílias que foi muito bem-sucedida.

Ela respirou fundo mais uma vez.

— Você tem razão.

— Eu poderia me acostumar a ouvir isso.

— Ouvir o quê?

— Que eu tenho razão.

Ela bateu de leve a mão em meu peito antes de dar uma risadinha. Eu sorri. Eu gostava de fazê-la feliz e não podia negar que era bom colocar um sorriso em seu rosto.

— Está se sentindo melhor? — perguntei.

— Sim. Mas isso te surpreende? Estou com você, não estou?

— E eu que achava que era eu que tinha jeito com as palavras. — Passei a mão por sua bochecha e olhei em seus olhos. Eles estavam um pouco mais escuros sob essa luz, mas continuavam deslumbrantes como sempre.

Levantei levemente sua cabeça e observei como ela lambia os lábios lentamente. Era bastante óbvio que nós dois queríamos o que eu sabia que aconteceria em seguida. Inclinei a cabeça e capturei seus lábios com os meus. Senti a última gota de estresse sair de seu corpo enquanto ela se derretia em mim.

A sensação de seus lábios nos meus era algo que sempre desejei e a necessidade de tê-la parece nunca diminuir com o passar do tempo. A intensidade que compartilhávamos assustou Raven no início, mas quanto mais tempo passávamos juntos, mais acostumada ela ficava. Acostumada a nós.

Quando nosso beijo se encerrou naturalmente, a trouxe de volta ao meu peito e apreciei a sensação de seu toque logo acima do meu coração. Desejei que não houvesse roupas entre nós, mas aceitaria tudo o que pudesse ter agora.

Apertei meu abraço com mais força antes de olhar para cima, por cima de sua cabeça, e pra dentro da casa. O que encontrei me surpreendeu.

Clarissa e meu pai estavam próximos um do outro e conversavam. E a conversa não parecia nada amigável.

Eu não conseguia ouvi-los pela porta fechada, então eles não estavam gritando, mas pareciam irritados. Será que aconteceu alguma coisa quando Raven e eu saímos da mesa de jantar? Mas se tivesse acontecido, por que minha mãe e Bianca não estavam lá? Elas teriam sido testemunhas e tenho certeza de que não ficariam paradas e deixariam isso continuar. No mínimo, alguém teria alertado a mim e Raven.

Não. Isso não foi algo que se originou do jantar de hoje. A mãe da Raven e meu pai estavam conversando de maneira intensa sobre algo que não aconteceu hoje. Mas o que poderia ser?

Raven suspirou contra meu peito, e isso trouxe minha atenção de volta para ela. Foi bom aliviar um pouco do estresse que ela estava sentindo. Sorri ao perceber que me apaixonei mais por ela esta noite. Quando olhei de novo para a porta, Clarissa e meu pai não estavam mais lá. Fiz uma anotação mental para perguntar ao meu pai sobre isso mais tarde, mas, por enquanto, não pensarei mais no assunto. Eu tinha a única pessoa que queria e precisava em meus braços. Se houvesse algo que ela quisesse ou precisasse, me certificaria de que ela tivesse tudo e mais um pouco.

Eu só podia esperar que isso finalmente fizesse com que ela se sentisse mais segura em relação a nós e ao nosso futuro.

CAPÍTULO 2
NASH

Dias atuais

Eu gostei da lembrança da vez em que minha família e a mãe de Raven se reuniram para compartilhar uma refeição. Embora tenha sido uma lembrança feliz, foi algo que guardei no fundo de minha mente depois que Raven foi embora. Foi uma pena não ter sabido a verdadeira história do que aconteceu entre Clarissa e meu pai.

Porque isso reapareceu em minha mente agora era um mistério completo. Enquanto me perguntava sobre isso, ouvi alguém falando perto de mim e isso chamou minha atenção de volta para o que estava acontecendo agora.

As vozes em minha cabeça eram reais ou inventadas? Por que não conseguia abrir meus olhos?

Eu não sabia dizer, mas sentia meu corpo se movendo, porém sabia que eu não estava no controle. Não havia como eu estar me movendo por conta própria, decidi. Mas como diabos estava me movendo se não era eu que estava fazendo isso? Por que isso estava começando a parecer uma experiência extracorpórea?

Que diabos está acontecendo?

Eu precisava me concentrar na única coisa que me ajudaria a entender o que estava acontecendo ao meu redor: minha visão. Eu me esforçava para abrir os olhos, mas meu corpo se recusava. Não importava o quanto tentasse, não conseguia fazer com que meu corpo cooperasse com meu cérebro. Eu me senti um pouco tonto, mas ainda não parecia muito real.

Ainda podia ouvir vozes conversando, mas não conseguia captar o que estavam dizendo. Não conseguia identificar as vozes, embora uma delas me parecesse familiar. Isso não fez nada além de piorar minha situação atual.

Por que eu não consigo abrir os meus olhos?

Uma névoa da qual não conseguia me livrar havia tomado conta do meu cérebro e nublado minha mente. Pelo menos, agora percebia que meus pés estavam sendo arrastados pelo chão, mas quanto mais desejava que meu corpo lutasse contra o que quer que estivesse me segurando e me puxando, mais frustrado eu ficava.

Por que não consigo me mover sozinho? Será que fui drogado?

Senti meu corpo se deslocar novamente antes de ouvir o que pensei ser um gemido saindo de meus lábios. O que quer que estivesse me segurando parou de se mover por um segundo antes de continuar. Continuando para onde? Eu não fazia ideia.

Senti as pontas dos meus pés sendo arrastadas pelo chão antes que tudo parasse de repente. Seria essa uma oportunidade para recuperar o controle dos meus membros e lutar contra o que quer que estivesse me levando em uma jornada para sabe-se lá onde? Mas não, meu corpo ainda se recusava a fazer o que eu queria.

Quando dei por mim, estava deitado sobre alguma coisa. Meu cérebro levou alguns segundos para perceber que alguém havia me deitado em uma cama.

— Precisamos chamar um médico...— A voz da pessoa se arrastou e isso me deixou ainda mais alarmado.

Eles estavam falando que eu precisava de um médico? Isso ainda não respondia a nenhuma das minhas perguntas sobre quem eram essas pessoas ou o que diabos estava acontecendo.

As vozes que ouvia começaram a desaparecer, tornando-se um ruído de fundo em minha mente. Eu queria ouvir o que eles estavam dizendo, mas aparentemente não era para ser assim. Eu tinha imaginado tudo isso?

E então tudo ficou preto.

CAPÍTULO 3
RAVEN

Duas horas antes

— Nós precisamos sair agora.

Nash e eu olhamos para a porta de entrada e vimos Kingston Cross parado ali. Dizer que fiquei intimidada com a sua presença é dizer o mínimo. E isso não teve nada a ver com a notícia que ele deixou cair aos meus pés minutos depois de me conhecer.

Ele é meu meio-irmão?

Isso não podia ser verdade, mas a notícia ficou girando na minha cabeça enquanto fechava o zíper da minha mochila. Kingston me conduziu para fora do quarto e de volta para a porta da frente. Respirei fundo ao cruzar a soleira da porta com Nash logo atrás de mim.

Assim que tranquei a porta da frente da minha casa, Kingston se virou para mim e disse:

— Também vamos nos certificar de que alguém esteja vigiando a casa para garantir que nada aconteça com suas colegas de quarto.

Olhei para ele e disse:

— Obrigada.

Voltei minha atenção para os veículos que estavam na rua em frente à minha casa. Havia três SUVs pretos alinhados em uma fileira e pude ver que pelo menos o primeiro já tinha um motorista dentro dele. Isso parecia um exagero, mas o que eu sabia? Alguém saiu das sombras e meus olhos quase saltaram para fora da minha cabeça. Landon estava parado perto de um dos SUVs. Ele tinha vindo aqui com Kingston? Por quê?

Ele olhou para mim antes de olhar para trás e dar um leve aceno para Nash. Havia muito mais nisso do que eu imaginava e, embora quisesse respostas, tive a sensação de que não era o momento de fazer minhas perguntas. Kingston abriu a porta traseira de um veículo e fez um gesto para que eu entrasse. Hesitei por uma fração de segundo antes de apertar minha mochila com força e entrar no SUV.

— Espere um minuto — fiz uma pausa e olhei para Kingston com os olhos arregalados depois que ele entrou no banco de trás comigo e fechou a porta do carro atrás dele. — Que diabos está acontecendo? Onde está Nash?

Minha voz ficou embargada com a última pergunta. O nervosismo que sentia se transformou em puro pânico. Sem esperar que ele respondesse, virei-me para a porta do meu lado do veículo e tentei abri-la, mas ela não se moveu. Será que o motorista tinha realmente ativado as travas de segurança para crianças?

— Sei que não nos conhecemos, mas vou precisar que você confie em mim.

Tudo isso era uma enorme bandeira vermelha que só parecia estar aumentando de tamanho com o passar do tempo.

— Como assim, preciso confiar em você? Você acabou de impedir que Nash entrasse no carro conosco. Onde ele está?

Eu mal tinha conseguido responder quando o SUV acelerou sem aviso. Fui forçada a agarrar o teto do carro e a maçaneta da porta para impedir que meu corpo se movesse. Ainda não tinha tido a oportunidade de colocar o cinto de segurança. Quando fiz um movimento para colocá-lo, Kingston agarrou minha mão.

— Não coloque o cinto de segurança. Não vamos ficar nesse carro por muito tempo. Nash está bem.

— Desculpe-me? De que diabos você está falando? Isso é um maldito jogo? — Fiz uma pausa por um momento porque, honestamente, isso parecia tudo menos um jogo. — Nada do que você disse foi bom o suficiente. Quero falar com Nash agora.

— Não posso deixar você falar com Nash, mas há algo que preciso que você faça assim que o carro parar.

— Você está pedindo muito de alguém que mal conhece. Especialmente alguém que você está basicamente sequestrando. Eu quero Nash e quero ir para casa.

— Não quero tornar isso mais difícil do que já está sendo. Mas, neste momento, você precisa confiar em mim.

Engoli o nó em minha garganta enquanto olhava pela janela.

— Parece que não tenho muita escolha agora, não é?

Kingston não respondeu e voltei minha atenção para estudar a paisagem que podia ver de dentro do SUV. Não havia como abrir a porta e me jogar para fora do veículo. Estávamos viajando em uma velocidade muito maior do que quando Nash e eu estávamos dirigindo para a cabana dele. Dessa vez, não sobreviveria apenas com pequenos arranhões e hematomas. Eu esperava e rezava para que encontrássemos a polícia.

Lutar contra eles também parecia inútil. Embora não os tivesse visto, quase podia garantir que esses homens estavam armados. Eu não me considerava fraca, mas enfrentar esses homens seria uma tarefa tola.

Eu sou forte. Eu sou forte. Eu sou forte.

Disse as palavras repetidamente em minha cabeça antes de falar em voz alta.

— O que você quer que eu faça quando este SUV parar?

— Vou precisar que você saia correndo do carro e não pare. Não olhe para trás, não espere por ninguém. Apenas corra.

— Espere, o quê? — A confusão obscureceu todos os pensamentos em minha cabeça. Por alguma razão, não conseguia processar o que ele estava dizendo.

Kingston suspirou. Ele provavelmente se sentia como um pai que tinha que se repetir várias e várias vezes.

— Você precisa se afastar desse carro o mais rápido possível e não pare para ver o que está acontecendo.

— O que vai acontecer? Para onde vou correr?

— Você vai correr para a floresta e ficar o mais longe possível desse carro. Aqui, deixe-me pegar sua mochila agora e prometo devolvê-la. Não quero que isso a atrase.

Eu peguei a mochila e hesitei. Suas palavras eram apenas isso: palavras. No momento, não sabia se voltaria a ver meus pertences, e essa era a única coisa que eu tinha. Eu deveria simplesmente entregá-la a um estranho?

— Estarei logo atrás de você, para que não fique sozinha.

Eu estive sozinha durante a maior parte dos últimos dois anos, então suas palavras me afetaram mais do que provavelmente deveriam, mesmo que não confiasse nele completamente.

Isso era absolutamente ridículo.

— Essa é a única opção que você tem, então faça o que eu digo. Você terá apenas alguns segundos para limpar a área.

Que diabos esse cara estava dizendo? Por que tinha que limpar a área? Nada do que ele estava dizendo fazia sentido.

— Mais uma vez, o que vai acontecer?

Kingston olhou para mim rapidamente antes de realmente focar em mim de novo.

— Vamos apenas dizer que as coisas vão ficar barulhentas e brilhantes.

Suas palavras não fizeram nada para parar as perguntas que eu tinha, mas estava com muito medo de falar. Quase tudo o que ele dizia parecia um enigma que não conseguia decifrar. Parecia que estava tão no escuro que não sabia qual era o caminho para cima ou para baixo. Todo o meu mundo parecia estar em um ciclo contínuo de ser chutado para fora dele. Agora, parecia que tudo o que podia fazer era acompanhar o passeio nessa montanha-russa, embora tudo o que quisesse era sair dela.

Os minutos seguintes se passaram em um borrão e, quando o carro começou a desacelerar, eu ainda não sabia o que aconteceria em seguida.

— Você se lembra do que eu disse? — perguntou Kingston.

Assenti com a cabeça, mas não disse uma palavra.

— Quando eu disser, você vai abrir a porta e...

— Não olhar para trás. Já entendi.

— Ótimo. Solte a sua mochila.

Não pude deixar de hesitar de novo antes de assentir. Entreguei a mochila a ele e vi algo pelo canto do olho. Observei o SUV em que Nash estava passar ao nosso lado.

Adeus.

Eu disse a palavra para mim mesma, mas ela era destinada a Nash. Rezei para que não fosse para sempre, assim como fiz na noite em que me afastei de Brentson depois da formatura do ensino médio. Eu não sabia aonde essa noite iria me levar, mas só tinha um objetivo: sobreviver.

O veículo diminuiu a velocidade até ficar quase parado.

Kingston se virou para mim e disse:

— Pronto... Vai!

O SUV parou completamente e fiz o que me foi pedido. Abri a porta e saí correndo. Não sabia para onde estava indo, mas continuei a corrida. A adrenalina bombeou em minhas veias enquanto minhas pernas me impulsionavam para frente. Parar não era uma opção.

Como Kingston poderia me encontrar se eu estava correndo por uma área densamente arborizada sem saber ao certo para onde estava indo? Não era como se eu tivesse seu número para ligar para ele.

Amaldiçoei a mim mesma quando percebi que também não tinha meu celular comigo, pois ele teria sido muito útil neste momento. Devo tê-lo jogado na mochila antes de sair da minha casa. Não havia nada que pudesse fazer a respeito, então continuei correndo.

O único som que conseguia ouvir era o da minha respiração pesada. Bem, esse foi o caso até eu ouvir o que parecia ser um grande estrondo atrás de mim. Dei um pulo e não resisti à vontade de olhar por cima do ombro para ver o que tinha acontecido. De onde eu estava na floresta, pude ver o que pareciam ser chamas acima das copas das árvores na direção de onde eu tinha vindo. Meu coração pulou na minha garganta.

    A única ideia que me ocorreu foi que o SUV em que eu estava explodiu.

CAPÍTULO 4
RAVEN

Eu sabia que não deveria parar de correr, mas precisava. Eu estava muito chocada com a cena que se desenrolava à minha frente.

Minha boca se abriu e não conseguia tirar os olhos das chamas. Ouvir Kingston salvou minha vida.

Mas agora estava desobedecendo aos seus desejos. Precisava continuar correndo. Quando me virei para recomeçar, gritei.

Kingston estava na minha frente, com o rosto um pouco iluminado pelas chamas que agora estavam às minhas costas. Ele tinha uma expressão de desaprovação no rosto. Se não estivesse literalmente correndo para salvar minha vida, teria pensado mais em como isso me lembrava algo que um irmão mais velho poderia dar ao mais novo quando ele fizesse algo ruim.

— Pensei ter dito para você não parar de correr?

— É um pouco difícil fazer isso quando há uma explosão acontecendo, literalmente, atrás de você. Estava prestes a começar a correr de novo quando você apareceu bem na minha frente.

— Vamos. Vamos.

Ele ia desistir? Sem mais nem menos? Eu não ia deixar isso passar de jeito nenhum.

— Que diabos foi isso?

— Vou explicar quando entrarmos no carro. Ainda temos que caminhar um pouco para chegar lá.

Ele se afastou, presumindo que o seguiria. A essa altura, tinha certeza de que não tinha muita escolha se quisesse continuar viva esta noite. Estava confiante de que, se realmente corresse na direção oposta, ele tentaria me pegar. Tudo isso era muito diferente da minha experiência com Nash, mas por que isso continuava acontecendo comigo?

Corri para alcançar Kingston.

—Tenho alguma outra opção nessa situação?

Ele não me respondeu de imediato e a única coisa que podia ouvir era o som de nossa caminhada pela floresta. Eu o ouvi respirar fundo antes de finalmente responder.

— Você não tem e, com sorte, quando tudo isso acabar, você poderá viver a vida que deseja ter e todas as suas perguntas serão respondidas. Fique por perto e tente ficar o mais quieta possível. Não conheço todas as coisas que podem estar vagando por essa floresta.

— Está bem.

Observei enquanto ele ajustava a alça da minha mochila no ombro e continuava a andar. Ele não andava muito rápido, então foi fácil de acompanhar seu ritmo, embora seu passo fosse mais longo que o meu.

A jornada pela floresta durou muito mais do que eu pensava, mas isso pode ter sido porque estava esperando e rezando para que tudo isso acabasse a cada passo que dava. Fiz o que Kingston pediu porque tinha mais medo do que poderia haver aqui fora do que dele no momento, e isso já dizia alguma coisa.

Kingston não disse mais nada enquanto caminhávamos e fiquei grata por isso. Eu não queria passar esse tempo em uma conversa fiada quando sabia que ainda não teria as respostas que queria. E isso era de extrema importância para mim.

Eu sabia que estava seguindo cegamente alguém na noite, e ele poderia facilmente me matar se quisesse. Mas ele também poderia ter me deixado para morrer naquele SUV se quisesse e não fez isso.

Quando estávamos mais dentro da floresta, ele pegou uma lanterna e isso o ajudou a guiar o caminho para onde quer que estivéssemos indo.

Continuamos em silêncio e, de vez em quando, olhava por cima do ombro com medo de que alguém ou alguma coisa estivesse prestes a nos atacar. Embora tivesse crescido aqui, não tinha ideia de para onde ele estava me levando. A floresta estava ficando menos densa, o que esperava que significasse que estávamos nos aproximando do carro mencionado por Kingston.

Minhas pernas e pés estavam começando a doer, mas me recusei a reclamar com Kingston. Isso era muito mais atividade física do que achei que iria ter que lidar hoje ou, diabos, mais do que realmente tinha feito desde o ensino médio.

Exalei de alívio quando vi que estava certa. Estávamos nos aproximando de uma estrada, mas não tinha certeza de onde estávamos, pois durante a minha corrida pela floresta perdi meu senso de direção. Mesmo que tivesse ficado em Brentson nos últimos dois anos, duvido que conseguiria saber exatamente onde estávamos.

— Estamos quase lá — disse Kingston em um tom abafado.

Essas foram as primeiras palavras que ele me disse desde que me pediu para ficar perto dele. Não me dei ao trabalho de responder, dando-me mais tempo para que as perguntas que tinha girassem em minha cabeça.

Fomos em direção a uma estrada que levava a um estacionamento quase abandonado. Segui Kingston enquanto ele se aproximava de outro SUV. Estava receosa de entrar nesse veículo por medo de que ele também pudesse ser explodido. Kingston abriu a porta para mim e o encarei por um momento antes de entrar no veículo. Ele me entregou minha mochila antes de fechar a porta atrás de mim, dar a volta na frente do SUV e entrar no banco do motorista.

— Agora você pode colocar o cinto de segurança.

Eu hesitei.

— Este veículo é seguro?

Kingston assentiu com a cabeça.

— Sim. Tudo isso fazia parte do plano. — Ele seguiu suas próprias instruções, colocando o cinto de segurança, e foi então que eu fiz o mesmo.

Explodir um carro fazia parte do plano dele? Quem, diabos, planejaria explodir um veículo?

Esperei que ele ligasse o SUV e o colocasse em marcha antes de falar.

— Agora, pode me dizer o que diabos está acontecendo? Preciso ligar para Nash e dizer a ele que estou bem.

— Não — disse Kingston. — Agora não é o melhor momento para ligar para ele. O que você pode fazer, no entanto, é desligar seu celular e entregá-lo a mim.

Choque foi a única maneira de descrever minha reação às suas palavras. Fiquei olhando para ele antes de falar.

— Você está brincando comigo. Por que eu não posso ligar para Nash? E não me venha com papo furado também, porque estou concordando com muitas das suas merdas desde que você apareceu na minha porta.

— Neste momento, é melhor que ele pense que você está morta.

— Isso é ridículo. Vou falar com ele e dizer...

— Se você quer o melhor para você e para ele, ouça-me. Não ligue para ele ou o colocará em um perigo ainda maior do que ele já está.

Minha boca se abriu e depois a fechei novamente. Levei mais um tempo até que conseguisse pensar em como falar mais uma vez.

— Vou precisar de mais do que apenas isso. Sua palavra não significa nada para mim porque não o conheço nem confio em você. Você pode estar inventando tudo isso.

— Você não confia em mim mesmo depois de eu salvar a sua vida? O fato de aparecer em sua porta não foi uma coincidência.

Eu engasguei involuntariamente. Eu tinha tantos pensamentos em minha mente que não tinha me concentrado no motivo pelo qual ele e seus homens tinham aparecido na minha porta em primeiro lugar.

Kingston olhou para mim de canto de olho antes de voltar sua atenção para a estrada.

— Você acha que eu iria simplesmente vir até você, dizendo que você tem direito a bilhões de dólares porque é filha do falecido Neil Cross, sem nenhum motivo? E se uma das razões pelas quais você foi trazida de volta para cá foi porque outra pessoa descobriu isso?

Minha boca se abriu com a pequena informação que Kingston havia revelado. Será que alguém pode morrer por entrar em choque muitas vezes em um curto período de tempo? Porque estava convencida de que, se isso ainda não existisse, eu estava prestes a torná-la realidade.

— Meu doador de esperma está morto?

Eu não sabia que tipo de reação esperava de Kingston, mas ele não me deu muita. Tudo o que ele fez foi acenar com a cabeça, mas não forneceu mais detalhes. Houve apenas uma ligeira mudança em sua linguagem corporal, incluindo o aperto de sua mão ao redor do volante. Eu queria que ele continuasse falando porque havia muita coisa que eu não sabia. Para preencher o silêncio, continuei minha linha de questionamento.

— Quem teria sido capaz de descobrir isso? Depois de todos esses anos? — Fiz uma pausa. Percebi que estava agindo sob a suposição de que esse homem era meu pai. Embora ainda tivesse minhas dúvidas, achei melhor pelo menos fingir que acreditava em tudo o que Kingston estava dizendo. Isso poderia acabar salvando minha vida se fosse ele quem estivesse por trás de tudo isso.

— Há algumas pessoas que suspeito que possam saber, mas não vejo por que elas iriam querer fazer mal a você ou a qualquer outra pessoa.

— Quem está em sua lista?

— Não tenho certeza do quanto você saberia sobre qualquer um dos nomes que eu mencionaria, mas você vai conhecer um deles em breve.

Se estava nervosa antes, isso não se comparava ao que estava percorrendo meu corpo agora. Meu estômago parecia estar em um jogo de sinuca dentro de mim, sacudindo de um lado para o outro sem fim à vista. O fato de ter sido forçada a correr mais cedo também não ajudou muito. Embora isso não estivesse acontecendo da forma como eu pensava, pelo menos estava finalmente tendo a oportunidade de obter as respostas que queria há tantos anos. Esse era o momento pelo qual estava esperando. Se isso significasse ser paciente por um pouco mais de tempo e seguir as coisas que Kingston estava me dizendo para fazer, poderia fazer isso por enquanto.

Isso não significa que não tenha preocupações. Eu ainda não sabia se estava entrando em uma armadilha que poderia me levar a ser ferida ou morta.

— Para onde estamos indo agora? — perguntei antes de ter a oportunidade de me aprofundar mais em meus pensamentos que continuavam a girar rapidamente em minha cabeça.

Ele não respondeu de imediato, então perguntei novamente.

— Para onde estamos indo?
— Manhattan.
— Por que estamos indo para Manhattan?
— Porque é onde está a nossa família.

Nossa família.

Suas palavras fizeram meu coração disparar. Quando estava crescendo, minha mãe tinha alguns amigos íntimos que eram como família, mas, na verdade, éramos sempre só nós duas – até que não éramos mais. Depois disso, fiquei sozinha. Portanto, não sabia como me sentir em relação às palavras de Kingston agora. A ideia de ter uma família parecia estranha, mas, ao mesmo tempo, talvez pudesse ser recomeço que eu estava procurando.

CAPÍTULO 5
RAVEN

Não é possível que isso seja real.

Não consegui me impedir de repetir as palavras várias vezes em minha mente. Eu só rezava para não as dizer em voz alta, pois poderia parecer tola. E, por alguma razão, me importava com o que Kingston pensava de mim.

Por outro lado, se ele conhecia partes da minha história, não deveria se surpreender com a minha reação a tudo isso. Fiquei grata pelo fato de que, se Kingston notou o choque em meu rosto, ele não o mencionou. Porque eu sabia que devia estar parecendo um cervo pego pelos faróis enquanto observava meu novo ambiente.

Pensei que Kingston poderia estar me levando para algum tipo de calabouço onde ele iria me acorrentar a uma parede e me manter refém por um resgate que nunca seria pago.

Eu poderia admitir que minha imaginação estava correndo solta com isso, mas quando você não sabia o que diabos estava acontecendo, era fácil deixar fluir. Isso me deu algo para me concentrar em um momento traumático para mim.

Mas tive que admitir que o lugar para o qual Kingston havia me levado era lindo. Impressionante era uma palavra melhor para ele. Eu me permiti estudar todos os cantos e recantos que meus olhos podiam ver enquanto observava esse lindo apartamento. Ele foi projetado em tons neutros que qualquer pessoa poderia dar um passo adiante e personalizar. Tinha os aparelhos mais modernos, que provavelmente custaram mais dinheiro do que jamais vi. E, é claro, havia uma bela vista do horizonte da cidade de Nova York.

Não era a suíte da cobertura, mas estava bem perto. Também devia ser um dos espaços mais caros em que já havia pisado, incluindo a casa da família Henson.

— É aqui que você vai ficar por enquanto.

Kingston tinha que estar mentindo.

— Sério? Mas...

— A explosão do carro não foi uma ilusão. Nada disso é.

— Você ainda não explicou por que isso está acontecendo ou o que isso significa. — Acenei com as mãos, gesticulando sobre o quanto isso era realmente enorme. — Qual foi o objetivo de causar toda essa...

Minha voz sumiu enquanto tentava encontrar a palavra que queria usar.

— Indisciplina? — ele perguntou.

— Claro, podemos usar essa.

— A explosão foi para despistar quem está atrás de você. Se eles pensarem que você está morta, isso nos dará um alívio temporário. Por enquanto, você não está em perigo.

— Então, você também acha que eu estava sendo seguida?

Kingston baixou a cabeça antes de olhar de volta para mim.

— Não acho que você estava. Eu sei que você está.

— Primeiro, eles não teriam nos visto sair correndo do SUV?

— É claro que há uma chance, mas pedi a alguns dos meus homens, incluindo o que dirigia o carro, que ficassem mais perto da cena da explosão para ver se viam alguma coisa. Outro carro passou lentamente e não parou nem tentou ligar para a emergência.

— Como você sabe que eles não fizeram isso?

— Porque minha equipe não teve problemas para limpar a bagunça. Também me certifiquei de que nenhuma equipe de emergência estaria na área ou responderia.

Se ele estava tão confiante em suas evidências, então poderia acreditar que quem quer que estivesse atrás de mim achava que eu estava morta a partir de agora.

— Como você conseguiu se certificar de que nenhum policial estaria na área?

— Tenho amigos em posições de destaque que devem muitas coisas a mim ou à nossa família.

— Você está falando do prefeito Henson?

Eu estava me sentindo mais corajosa à medida que nossa conversa continuava. A mudança era algo que eu queria, algo que ansiava porque não havia outra maneira de obter as respostas que merecia.

— Por falar no prefeito Henson, ainda não sei por que preciso evitar Nash. Ele sabe mais sobre o que está acontecendo comigo do que qualquer outra pessoa além de mim.

— Ele sabe agora? — Kingston levantou uma sobrancelha. Era como se o tivesse desafiado e ele estivesse pronto para provar que eu estava errada.

HERDEIRO *Ardilosa*

23

Cruzei os braços sobre o peito.

— Então, por favor, me esclareça.

— Eu sei quem a trouxe de volta a Brentson.

Levantei minhas mãos no ar.

— Então você sabe mais do que eu sobre o que está acontecendo comigo.

Dessa vez, Kingston sorriu para mim como se fosse óbvio que ele estava vários passos à minha frente quando se tratava de saber o que estava acontecendo. Quanto mais sobre essa situação ele sabia mais do que eu?

— Primeiro, vamos começar com o motivo de eu ter ido à sua casa hoje, quando já sabia sobre você e que éramos parentes há semanas.

Kingston foi até uma gaveta na cozinha e pegou o que parecia ser uma pasta e um objeto de prata que não consegui ver bem. Ele veio até mim e disse:

— Isso é para você.

Fiquei paralisada e olhei para o objeto em sua mão. Quando finalmente consegui desviar o olhar de sua mão, perguntei:

— O que é isso?

— Informações sobre seus pais.

Meu lábio tremeu. Eu não poderia ter previsto que teria a oportunidade que estava diante de mim. Tinha muitas informações que não sabia que existiam na ponta dos meus dedos e não conseguia me mexer.

— Você não precisa abrir a pasta perto de mim — disse Kingston. — Fique à vontade. Só posso imaginar o que está passando pela sua cabeça. E se quiser fazer outro teste de DNA para comprovar o que vai encontrar nesse arquivo, podemos providenciar.

Assenti com a cabeça, sem confiar no que poderia dizer no momento. Mas o que ele queria dizer com *outro*?

— Agora, a razão pela qual apareci em sua casa hoje é porque ficamos sabendo de uma ameaça contra sua vida. Fizemos o possível para não nos metermos em seus negócios, escolhendo apenas observá-la de longe de vez em quando, mas isso era sério demais para não agir.

— Então alguém ia tentar me matar e você ficou sabendo. Quem?

— Isso nós não sabemos. Teria tornado as coisas muito mais fáceis se soubéssemos.

— E isso não teve nada a ver com o cara que tentou me sequestrar? Presumo que vocês saibam disso.

— Sabemos e, se Nash não o tivesse eliminado quando o fez, nós o teríamos feito. No entanto, você não saberia de nada, porque expor você a isso liberou uma podridão completamente diferente.

— O que você quer dizer com isso?

Kingston esfregou uma mão no rosto.

— Há muitas coisas às quais você não deve ser exposta, especialmente quando se trata dos Chevaliers. Essa é apenas uma delas.

— E você saberia por ser um deles. — As palavras saíram de minha boca com mais confiança do que realmente tinha.

— É isso mesmo.

Foi então que ouvi algo vibrar. A mão de Kingston foi para o bolso, ele tirou o telefone e olhou para a tela.

— Tenho que ir, mas sinta-se em casa. Me entregue seu celular e aceite este em troca.

— Eu não sei...

— Se ainda não ganhei sua confiança, eu entendo. Mas faça isso para o caso de alguém estar rastreando seu dispositivo. Eu deveria tê-lo jogado fora lá na floresta, mas não queria assustá-la ainda mais.

Peguei a pasta dele e a coloquei sobre a mesa de centro antes de pegar minha mochila. Peguei meu celular e o entreguei a Kingston.

— Descanse o máximo que puder, voltarei pela manhã. Podemos conversar sobre qualquer coisa que você queira, porque presumo que quando olhar a pasta, terá muitas perguntas. Talvez eu não tenha todas as respostas. Isso também é algo novo para mim, mas tentarei ajudar no que puder e, se precisarmos chamar outros membros de nossa família, que assim seja.

— Está bem.

Abaixei a cabeça e encontrei um elástico de cabelo no pulso e prendi o cabelo em um rabo de cavalo alto enquanto Kingston caminhava para a porta.

— Se precisar de alguma coisa, ligue para mim ou bata na porta da frente. O guarda que está do lado de fora saberá o que fazer.

Com isso, Kingston foi embora e fiquei sozinha, e não tinha certeza de que essa era a melhor decisão.

Estar sozinha significava que não tinha nada para me distrair além de meus próprios pensamentos e isso era assustador. Como minha imaginação tinha a capacidade de dar saltos quando não era controlada, sabia que muito tempo para pensar poderia ser um problema.

Não conseguia superar a beleza deste lugar e senti que deveria estar feliz porque, embora minha vida fosse uma merda, pelo menos por enquanto, eu estava segura. Fiquei grata por cada respiração que consegui dar, porque esta noite poderia ter terminado muito pior.

Levantei a mão e percebi que ela estava tremendo levemente. Respirei fundo várias vezes para me recompor antes de andar pelo apartamento.

Tudo isso parecia ser demais. A geladeira estava totalmente abastecida e encontrei toalhas de banho em um aquecedor de toalhas. Era como se tudo tivesse sido cuidadosamente planejado para mim. Isso não tinha acontecido de última hora.

Engoli com força. Kingston não mencionou que informação havia colocado esse plano em ação, mas era algo que eu precisava descobrir.

Passei pelo banheiro mais uma vez antes de ceder à tentação. Aquela banheira parecia fenomenal demais para que não a aproveitasse.

Comecei a preparar o banho e tirei o moletom e o tênis. Os eventos que ocorreram esta noite passaram em minha mente.

Fazer amor com Nash.

Kingston Cross aparecendo na porta da minha casa.

Separar-me de Nash e ser levada às pressas para um SUV preto.

Ver o SUV explodir.

Andar pela floresta até outro carro.

Fingir que estava morta.

Quando estava tirando a camiseta, notei que o tremor na minha mão havia piorado.

Merda. Eu sabia o que estava por vir.

Eu não tinha ataques de pânico com frequência, mas já havia aprendido a reconhecer os sinais. Sentia que um deles estava se aproximando e fiquei grata por, pelo menos, poder lidar com ele sozinha. Com sorte, tomar um banho ajudaria a me acalmar, porque não queria que as coisas piorassem.

Espere um pouco, Raven. Você só tem mais alguns minutos até a banheira encher do jeito que você gosta.

Apertei o ponto de pressão entre o polegar e o indicador para aliviar a dor de cabeça que estava começando a se formar. Minhas mãos estavam tremendo tanto que minha tentativa foi em vão.

Nem mesmo o pânico que percorria meu corpo poderia me forçar a ficar parada no lugar. Eu preferia ficar paralisada pelo medo a ficar tremendo constantemente, o que, supunha, só iria piorar. Então começou a dor lancinante em meu estômago.

— Respire fundo. Você está segura. — Falei em voz alta para ninguém além de mim. Repetir o mantra recém-formado várias vezes, foi o suficiente para me distrair até que meu banho estivesse pronto. Desliguei a água e terminei de tirar minhas roupas antes que pudesse pensar em algo mais.

Mergulhei lentamente meu corpo na banheira, permitindo-me ser engolida pela água morna que logo me envolveu. O pânico que tomou conta de meu corpo não diminuiu, mas também não aumentou. Isso me fez pensar se tinha cometido um erro ao entrar naquela água quente.

Normalmente, os banhos me ajudariam a criar um ambiente tranquilo, mas os ataques de pânico também tendem a me fazer suar, então não tinha certeza do tipo de reação que teria.

Meu estresse sobre se teria ou não um ataque de pânico completo foi em vão porque a dor no meu estômago finalmente diminuiu. Meu corpo não parecia estar superaquecido, então talvez o banho estivesse fazendo seu trabalho.

Recostei-me na banheira e tentei ignorar todo o resto. Tentei o máximo que pude, mas havia uma coisa em que não conseguia evitar pensar: Nash.

Uma única lágrima desceu pelo meu rosto e a enxuguei rapidamente. Lembrei-me de estar em uma situação semelhante quando fugi de Brentson pela primeira vez e de não ter nada a fazer a não ser chafurdar na escuridão de meus pensamentos. Eu tinha a oportunidade de fazer o que quisesse, quando quisesse, e tudo o que podia fazer era chorar por ter deixado Nash. As circunstâncias dos dois eventos mudaram, mas o resultado foi o mesmo. Eu estava sentada aqui chorando por causa dele.

Eu queria encontrar uma maneira de entrar em contato com ele, mas se isso colocasse sua vida em perigo, não poderia. Eu preferia esperar e torcer para que nós dois sobrevivêssemos a essa provação e que ele me perdoasse por ter concordado com isso.

Lágrimas caíam de meus olhos, e isso não podia ser evitado. Usei minhas mãos molhadas para esfregar o rosto, interrompendo seu fluxo ao ponto de não saber se era água do banho ou lágrimas em meu rosto.

Minha respiração se acelerou e ficou mais superficial. Eu queria gritar de agonia e dor, mas meus pulmões pareciam não ter ar. Envolvi meus braços em volta de mim e desejei que fossem os braços de Nash.

Meus lábios tremiam enquanto tentava me acalmar, mas não consegui nada além de fracassar. O que eu esperava que fosse algo que me relaxasse, acabou sendo infrutífero. Desistindo, saí da banheira, enrolei uma toalha em volta do meu corpo e destampei o ralo para liberar a água. Distraí-me terminando uma versão improvisada de minha rotina noturna. Entrei no quarto e tirei meu cabelo do rabo de cavalo.

Enrolei-me como uma bola na cama e puxei as cobertas sobre meu corpo na tentativa de adormecer. Os eventos que ocorreram esta noite tornaram isso difícil, mas sabia que precisava descansar.

Havia tanta coisa que precisava aprender, mas com base nas informações que obtive de Kingston, iria precisar ser cautelosa sobre o quanto ainda havia para descobrir. E, se eu fosse mesmo a filha de Neil Cross, teria que me acostumar a ser uma das herdeiras de seu trono manchado.

CAPÍTULO 6
NASH

Que porra é essa?

O latejar na minha cabeça me forçou a acordar, mas não queria abrir os olhos. Por outro lado, a única maneira de acalmar essa maldita dor de cabeça era encontrando algo que aliviasse a dor.

Arrisquei e forcei meus olhos a se abrirem. Demorou um segundo para que meus olhos se ajustassem, mas não demorou muito para que percebesse onde estava.

A cama era fácil de reconhecer. A mesa de cabeceira, a arte na parede, a televisão pendurada nela.

Era o meu apartamento. Mas o que não sabia era como tinha chegado aqui.

Tirei o cobertor do meu corpo e me sentei. Na mesa de cabeceira estavam meu celular e minha carteira. Rapidamente verifiquei que nada tinha sido roubado antes de me levantar e entrar no banheiro.

Tomei um remédio que esperava que aliviasse minha dor, fechei os olhos de novo e joguei um pouco de água no rosto. Ao deixar a água escorrer por ele enquanto pegava uma toalha de mão, percebi que me sentia como se tivesse sido atingido por uma pedra.

Ou talvez uma arma fosse mais precisa. A marca que ela deixou ainda estava perto de minha têmpora.

Lembrei-me de ver o veículo em que Raven estava explodindo. Meu choque ao ver isso acontecer foi culminado por Landon me acertando na cabeça com sua arma.

Aquele filho da puta.

Havia uma chance de eu ter sofrido uma concussão, mas não me importei. Precisava encontrar Landon, e agora ele era o único que poderia me dar uma resposta sobre o motivo do assassinato de Raven.

Quando ele me dissesse tudo o que eu queria saber, ele estaria morto. E qualquer outra pessoa que estivesse envolvida nessa merda também teria que enfrentar minha ira.

Eu não pararia até matar cada um dos envolvidos.

Isso era tudo o que importava.

Eu lamentaria pelo resto da minha vida por não termos tido a oportunidade de conversar sobre todas as nossas diferenças. Nada disso a traria de volta, mas precisava vingar sua morte. Isso, para mim, seria o primeiro passo para aceitá-la.

Eu ainda estava com raiva dela? Sim, mas nunca obteria as respostas que queria agora. Portanto, esta foi a próxima melhor opção. Claro, parecia loucura, mas não tinha muita consciência quando se tratava de buscar justiça. Não me importava quanto tempo levaria, mesmo que tenha que caçar cada uma das pessoas envolvidas pelo resto da minha vida. Todas elas pagariam pelo que fizeram.

Terminei de secar o rosto, colocando a toalha de volta em seu devido lugar e lutando contra a dor em minha cabeça.

Pela minha experiência no futebol, sabia que era provável que houvesse uma concussão, mas teria de encontrar tempo para lidar com isso mais tarde. Peguei meu celular na mesa de cabeceira e procurei o número de Easton. Quando estava prestes a ligar para ele, a porta do meu quarto se abriu.

Quem mais estava aqui?

Quando olhei para a porta, encontrei Easton parado ali. Seus olhos se arregalaram ligeiramente. Acho que ele ficou tão surpreso ao me ver aqui quanto eu fiquei ao vê-lo.

— Que diabos você está fazendo no meu apartamento?

— Cuidando de você para ter certeza de que não vai acabar morto.

Levantei uma sobrancelha para ele.

— Por quê? O que você ouviu?

— Disseram-me para vir aqui e acordá-lo a cada duas horas, para o caso de você ter sofrido uma concussão. O médico que veio aqui para examiná-lo me disse para fazer isso.

Confusão que não tinha relação com a dor em minha cabeça era tudo o que eu sentia. Eu estava perdendo alguma coisa aqui.

Easton limpou a garganta.

— Percebo que você está confuso, mas também não sei o que aconteceu.

— Talvez não, mas preciso de respostas e preciso delas agora.

Tentei passar por Easton, mas ele colocou a mão em meu ombro, parando-me no meio do caminho.

— Cara, você precisa ir mais devagar.

— Há coisas que preciso fazer e desacelerar não é uma delas. Quem diabos chamou o médico, afinal?

— Eu não sei. Recebi uma mensagem de texto dizendo para eu vir aqui e observar você. Era de um número desconhecido.

Claro que era. Segurei minha testa com cuidado. O número desconhecido poderia ser uma de duas opções. Uma, poderia ser a pessoa que matou Raven, Kingston e os outros passageiros do veículo. Por outro lado, por que eles se importariam com meu bem-estar? Segundo, poderia ser a pessoa que estava me enviando mensagens de texto antes. Fazia tempo que não recebia uma mensagem de texto de um número desconhecido. Se fossem eles, parecia que estavam de volta aos seus velhos hábitos. Fiquei feliz que, pelo menos dessa vez, era para algo bom.

Perguntas sobre se eles também estavam envolvidos em toda essa merda também não saíam da minha cabeça.

— Você não se lembra do médico entrando e verificando você?

Eu estava preocupado em admitir o que eu fiz e não me lembrava. Eu me recordava de forma vaga de ouvir vozes, mas atribuí isso a estar sonhando. Que se dane, ele era meu melhor amigo e deveria saber. Eu estava cansado de segredos.

— Eu me lembro vagamente, mas levar uma pancada na cabeça com uma arma está deixando as coisas um pouco confusas.

Easton olhou para trás.

— Que diabos você estava fazendo para ser atingido por uma arma?

— Fazendo o que achava que era certo para salvar Raven, mas falhei. Você viu o Landon?

— Landon...

— Landon Brennan.

— Não está me lembrando de nada.

— Foda-se. — disse a palavra com tanta força que fez minha cabeça doer ainda mais.

— Cara, pela segunda vez, você precisa ir mais devagar.

— Não me diga o que eu preciso fazer. — A raiva bloqueou qualquer filtro que poderia ter me impedido. Fiz um movimento para atacar Easton, e foi uma coisa estúpida de se fazer, não importa como você olhasse para isso. Ele era muito rápido e não estava ferido, o que lhe dava várias vantagens. Em vez disso, ele me agarrou e me impediu de me mover.

— Controle-se, porra. Você não deveria estar fazendo tudo isso se está com uma concussão.

Eu sabia que ele estava certo. Mas a raiva e a dor ainda estavam lá. Respirei fundo enquanto tentava controlar meus sentimentos, mas a necessidade de dar uma surra em mim mesmo estava desaparecendo. Eu confiava que o que estávamos fazendo era a coisa certa e agora Raven estava morta. Eu deveria ter impedido Kingston e seus homens de nos levarem para fora da casa e para aqueles utilitários.

Era algo com que eu teria de conviver pelo resto da minha vida. Não haveria como trazê-la de volta. Fiz uma pausa e refleti por vários segundos, o que foi suficiente para me impedir de querer brigar com Easton. Ele deve ter notado uma mudança em meu comportamento, pois afrouxou o aperto em mim.

Dei um passo para trás antes de me afastar dele. Fui até a sala de estar e me sentei no sofá. O alívio me inundou porque pude descansar novamente.

— Há algumas coisas que preciso explicar — eu disse.

— Esse seria um excelente começo.

— Mas há uma ligação que preciso fazer primeiro.

Encontrei o número de Landon em meu celular e não hesitei em ligar para ele. Tudo o que ouvi foi um toque contínuo, que nunca chegou ao que eu supunha ser um correio de voz. Desliguei e tentei novamente, mas obtive o mesmo resultado.

Rosnei e joguei o celular longe.

Se ele seria um imbecil e não atender o celular quando sabia que eu queria respostas, então eu mesmo teria de caçá-lo.

CAPÍTULO 7
NASH

— Você viu Raven ser assassinada? O SUV em que ela estava explodiu e ela morreu lá dentro?

As palavras de Easton oscilavam entre pergunta e comentário, como se ele não tivesse certeza de que estava dizendo a coisa certa. Ou então, talvez ele não acreditasse em mim. Nós dois sabíamos que eu tinha uma concussão, portanto, não estaria fora do reino das possibilidades se tivesse conseguido inventar tudo isso na minha cabeça.

Eu não o culpei. O que ele havia dito parecia estranho para mim. Quase esperei e desejei que tivesse tido algum tipo de sonho febril que me levou a inventar tudo isso. Mas sabia o que tinha visto.

Fechei os olhos quando minhas emoções levaram a melhor sobre mim novamente. Eu estava tentando evitar ser transportado de volta ao período logo após minha formatura no ensino médio. Dessa vez, em vez de desencadear a raiva, parecia que poderia chorar. Chorar pelo tempo que perdemos quando ela foi embora. E o tempo que nunca seria substituído, porque ela havia partido. Para sempre.

— Não vejo nada na internet sobre a explosão de um SUV em Brentson.

— Não estou surpreso. — Quem quer que tenha feito isso teria apagado seus rastros de qualquer maneira, mas sabia que seria um inferno apagar, quer fosse notícia local ou não. Você não matava um membro da família Cross e saía impune.

Se Kingston estivesse certo, você não mataria dois membros da família Cross e escaparia com vida. Quem quer que tenha feito isso pagaria.

O que eu não conseguia explicar era o fato de Landon ter me atacado no carro e depois ter desaparecido. Meu instinto me dizia que ele era uma das chaves para tudo isso, e precisava encontrá-lo o mais rápido possível.

— Você acha que a Universidade sabe sobre a morte de Raven?

A pergunta de Easton me tirou de meus pensamentos. Ele fez uma boa observação.

— Eu provavelmente deveria ir falar com o presidente Caldwell.

Caldwell era o presidente da Universidade de Brentson e já o era há vários anos. Ele e o meu pai às vezes reuniam um grupo para jogar golfe. Isso acabou fazendo com que pegasse seu número de telefone para o caso de "precisar de alguma coisa" quando começasse a estudar na Brentson.

Easton me deu uma olhada estranha antes que sua expressão voltasse ao normal.

— Você vai simplesmente subir e falar com o Presidente Caldwell?

— Sim, tenho o número do celular pessoal dele. Uma das últimas coisas que Raven me disse foi que lhe ofereceram uma bolsa integral para frequentar a Universidade de Brentson. Alguém na administração deve estar ciente disso.

Easton me encarou por um momento e depois murmurou algo sobre eu ser um Henson e conseguir o que quero, mas não me importei. De qualquer forma, ele estava parcialmente certo sobre o motivo de eu ter o número do presidente da nossa universidade.

— Nash, espere um minuto. Por que seria estranho o fato de ela ter recebido uma bolsa integral? Há várias maneiras de você...

Abri os olhos e me virei lentamente para olhar para Easton enquanto sua voz se arrastava.

— Ela não pediu transferência para cá. Ela recebeu uma carta que dizia que ela precisava voltar para Brentson se quisesse descobrir o que aconteceu com a mãe dela, e então ela recebeu uma outra que lhe dava as boas-vindas à Universidade de Brentson e dizia que ela não precisava pagar um centavo de mensalidade.

— Isso não é normal.

— Jura? Que surpresa. — Minhas palavras tinham um pouco mais de mordacidade do que eu pretendia. — Desculpe. Estou sob muito estresse no momento.

— Não foi por mal.

Mudei o assunto de volta para a questão em pauta.

— Mas, primeiro, precisamos encontrar Landon. Ele é a única testemunha que eu sei que estava lá e que sobreviveu.

— E foi ele quem nocauteou você?

Eu queria acenar com a cabeça, mas me contive.

— Correto. Presumo que também tenha sido ele quem me trouxe de volta para cá.

— Não sabemos se ele fez isso.

Olhei para o relógio na parede.

— Alguém na recepção deve ter visto alguma coisa. Essa é a nossa primeira parada.

Easton me lançou um olhar estranho.

— Nash, você e eu sabemos o quanto isso parece estúpido, certo?

— Sim, eu sei que parece ridículo.

— Ótimo, porque você sabe que eu faria muito por você, mas não seria seu melhor amigo se não lhe dissesse que seu plano não é o mais sensato que ouvi nos últimos dias.

Levantei uma sobrancelha para Easton.

— Essa é à sua maneira de me dizer que quer cair fora?

— Absolutamente não. Estou aqui por você, mesmo que isso não faça muito sentido para mim. Eu só queria ter certeza de que isso ainda é algo que você quer fazer.

— Sim, eu quero fazer isso.

— Então vamos fazer isso juntos.

Dei uma olhada para Easton antes de acenar com a cabeça. Era bom ter mais alguém ao meu lado. No momento, quanto menos pessoas soubessem sobre isso, melhor, e parecia que quem quer que tivesse feito isso tinha a mesma ideia, já que não estava recebendo nenhuma cobertura de notícias, pelo que podíamos ver.

— Olhe, eu preciso começar a me mexer agora. Preciso que algumas de minhas perguntas sejam respondidas.

— Você não deveria ir com calma? Você foi nocauteado.

Olhei para Easton para ver se ele estava sendo sarcástico ou se tinha alguma dúvida sobre a minha versão dos acontecimentos. Para mim, as coisas que estava descrevendo para ele pareciam algo saído de um filme, então não me surpreenderia se ele duvidasse do que eu estava dizendo. Nada em sua expressão indicava que ele não acreditava em mim.

Normalmente, não precisava de nenhuma garantia de ninguém. Eu sabia o que queria e ia atrás disso. Mas o fato de ele não me questionar, mesmo quando sabia o quão ridículo tudo isso parecia, me ajudou a recuperar o equilíbrio. Eu perdi uma parte de mim mesmo na noite passada, vendo a mulher que amo morrer. Tudo o que queria fazer era mantê-la segura e conversar sobre nossos problemas, e olha a situação em que nos encontramos. Eu estava vivo e ela estava morta. Todas as coisas que eu poderia e deveria ter feito se repetiram em meu cérebro, e isso incluía não deixá-la sozinha com Kingston.

Não deixá-la sozinha com ele significava que ela estaria andando nesta terra agora. Que droga.

— Já que eu sei que você não vai parar até ter respostas, fale caso comece a se sentir mal e vamos encerrar o assunto por hoje.

— Sim. Claro. — Eu poderia lidar com isso, mas, no fundo, sabia que ele tinha plena noção de que não havia a menor chance de eu cancelar isso. No entanto, esse pensamento não precisava ser expresso em voz alta.

— Vou fazer uma pequena mala e depois podemos ir ver se o Oscar ou algum dos funcionários da portaria viu o que aconteceu ontem à noite.

Coloquei algumas coisas em uma mala pequena que, com sorte, me ajudaria caso começasse a me sentir mal. Não tinha certeza se minha adrenalina me ajudaria a vencer a guerra entre meu cérebro e o resto do meu corpo, mas estava disposto a fazer tudo o que pudesse para evitar que ficasse doente.

Easton e eu saímos do meu apartamento e fomos até a recepção. Vi Oscar parado na porta da frente e comecei a me perguntar se minha sorte estava prestes a mudar.

Quando Oscar me viu, ele disse:

— Bom dia, senhor. Está se sentindo melhor?

Easton e eu trocamos um olhar antes de eu me virar e voltar toda a minha atenção para Oscar.

— Bom dia para você também. O que quer dizer com estar me sentindo melhor?

Oscar me encarou por um momento, e pude ver as engrenagens de sua cabeça girando. Ele provavelmente estava tentando escolher as palavras com sabedoria. Eu entendia onde ele queria chegar com isso. Eu também não gostaria de irritar um dos moradores de onde eu trabalhava.

— Ah, vi que você estava em péssimo estado ontem à noite. Parece que você se divertiu muito. Mas estou feliz por vê-lo de pé e bem-disposto agora. Há algo que eu possa fazer por você?

— Obrigado. Sim, estou me sentindo melhor. Parece que bebi um pouco demais ontem à noite. — Eu estava disposto a aceitar a mentira se ela me levasse ao resultado que eu queria. — Eu voltei para casa sozinho?

Parecia ridículo fazer essa pergunta. Mas se isso me desse as respostas que precisava, que assim fosse.

— Não, você não veio. Dois jovens cavalheiros me ajudaram a levá-lo ao seu apartamento e depois eu os acompanhei até a saída. Cerca de cinco minutos depois, ele entrou logo antes de um médico chegar para ver como você estava. Achei que estava tudo bem quando você não foi levado daqui para o hospital. Por quê? Aconteceu alguma coisa?

Eu olhei novamente para Easton.

— Não, mas estou tendo problemas para me lembrar do que aconteceu ontem à noite. Seria possível ver alguma filmagem que você possa ter?

Olhei para a câmera que estava apontada para a porta da frente antes de me virar para o Oscar.

— Claro que sim. Não seria preciso muito para fazer isso.

— Obrigado — eu disse.

Oscar fez um gesto para que o seguíssemos até a recepção. Ele pegou uma chave e o seguimos até outro escritório do outro lado do saguão.

— Vocês chegaram bem tarde — disse Oscar ao se aproximar de um computador e começar a digitar. — Portanto, não deve ser muito difícil encontrar o vídeo. — Ele procurou no que parecia ser a filmagem de segurança da noite anterior e depois disse: — Achei. Aqui está ele.

Assim como Oscar descreveu, me vi imprensado entre Landon e outro cara enquanto os dois me ajudavam a entrar no meu prédio. Eu parecia estar desmaiado, então não teria sido muito difícil para Oscar pensar que fiquei até tarde em uma festa. Observei enquanto Oscar os levava até o elevador, como ele havia dito.

— Eu nunca os vi antes, então quis ter certeza de que não estavam tentando prejudicá-lo de alguma forma. Por isso, subi com vocês, já que também tinha a chave de sua casa. Pensei em ligar para os seus pais.

Fiquei grato pelo fato de Oscar não ter ligado para os meus pais, porque isso teria sido uma merda ainda maior. Isso também teria levantado outra barreira que poderia ter me impedido de descobrir as coisas que precisava saber. O vídeo continuou e logo vi Landon e seu parceiro saírem e, em poucos minutos, Easton chegou, logo seguido pelo médico que ele conheceu.

— Ok, isso é muito útil. Muito obrigado por dedicar seu tempo para nos mostrar isso.

— Sempre às ordens — disse Oscar. — Se precisarem de mais alguma coisa, por favor, me avisem.

Esperei até que Oscar acompanhasse Easton e eu de volta à porta da frente antes de falar novamente.

— Mais uma vez, muito obrigado.

— Sem problemas — disse Oscar ao abrir a porta para que Easton e eu saíssemos.

Quando me certifiquei de que Oscar estava fora do alcance da voz, disse:

— Bem, isso foi útil.

— Você está sendo sarcástico?

— Não, na verdade não estou.

— Bem, então estou mais por dentro do assunto do que você, porque tudo o que isso fez foi me dizer que Landon o ajudou a voltar para casa.

— Não, o que me disse foi que Landon não se importava em ser visto. Por um lado, estou feliz por ele ter me trazido de volta para casa. Por outro lado, fui colocado nessa situação por ele, em primeiro lugar.

Era bastante óbvio que ele estava trabalhando com Kingston Cross, pelo menos antes de eu ver a SUV ser explodida e ele me nocautear. Por que não apagou a filmagem do sistema de segurança do meu apartamento, mostrando que foi ele quem me trouxe para casa?

Porque ele queria que eu soubesse que tinha sido ele. O que não sabia era porque ele queria que eu soubesse. Encontrá-lo era crucial e o primeiro lugar que precisávamos verificar era a Mansão Chevalier, porque era onde ele morava.

Olhei para Easton antes de dizer:

— Vamos para a Mansão Chevalier e, no caminho, devemos passar pela área onde ocorreu a explosão e pela casa de Raven. Quero ver se sobrou alguma coisa no local da explosão e quero verificar se meu carro ainda está na casa dela.

O carro era o menor dos meus problemas no momento, mas seria bom saber se precisaria tomar outras providências com relação a isso.

— Você sabe onde aconteceu a explosão?

— Tenho uma ideia geral.

Easton acenou com a cabeça.

— Entendi. Ok, podemos ir para lá agora.

CAPÍTULO 8
RAVEN

A manhã chegou mais cedo do que eu esperava. Na verdade, isso era uma mentira. Eu já esperava porque estava olhando para o teto há várias horas. De vez em quando, olhava a hora no celular e via os minutos se transformarem em horas. Quando me dei conta, estava olhando para o teto por muito mais tempo do que imaginava. O sono acabou chegando, mas não foi sem um preço. Eu havia acordado pelo menos uma vez na noite passada devido a um pesadelo. Em meus sonhos, ficava revivendo o que poderia ter acontecido se não tivesse feito as escolhas que fiz na noite anterior.

Em um deles, estava vendo Nash ser assassinado a sangue frio porque nós dois nos recusamos a entrar no carro. Não vi de onde veio o tiro, apenas que Nash ficou olhando para mim com os olhos arregalados enquanto seu corpo caía no chão. Eu também acabei no chão, soluçando histericamente na frente de seu corpo.

Será que foi assim que ele se sentiu quando viu o SUV em que eu deveria estar explodir? Não tinha como ele não ter visto, embora o veículo em que ele estava estivesse a uma distância razoável de onde o nosso SUV estava parado.

Mas agora tinha que deixar esses pensamentos de lado porque estava na hora de me levantar. Eu não sabia a que horas Kingston chegaria e queria estar preparada para tudo. Bem, o máximo que eu pudesse estar.

Assim que consegui sair da cama, fui logo para o banheiro e demorei um pouco para me arrumar. Normalmente, poderia ter ido até a cozinha e tomado uma xícara de café antes de me arrumar, mas arriscar estar despreparada não era uma opção. Coloquei uma calça jeans nova, uma camiseta e o mesmo suéter que havia usado ontem antes de sair do banheiro e entrar na cozinha.

Ignorei de propósito a pasta que havia deixado na mesa de centro da sala de estar. Eu sabia que ela estava lá e que tinha de ler o que havia nela. Mas isso não aconteceria antes de tomar minha primeira xícara de café.

Demorei mais do que o esperado para entender a máquina de café que

39

ficava na cozinha. Isso se deveu ao fato de ela ser muito mais sofisticada do que qualquer coisa que já tivesse visto antes. Antes mesmo de o café tocar meus lábios, o aroma que exalava me dizia que aquela seria, muito provavelmente, a melhor xícara de café que já havia tomado. Quando finalmente provei a bebida, percebi que estava certa. O café estava delicioso. Nada mais se compararia a ele depois de tomá-lo.

    Peguei minha caneca e fui até a porta da frente. Não fiquei surpresa ao encontrar alguém ainda de guarda do lado de fora. Mesmo que quisesse sair, o guarda que estava lá tornaria isso muito difícil.

    Com um suspiro pesado, entrei na sala de estar, mas ainda não peguei a pasta de imediato. Decidi apreciar a vista que esse lugar me proporcionava. Lembrava um pouco o apartamento de Nash em Brentson, mas não havia como reproduzir a vista que se tem quando se olha para o horizonte de Nova York.

    Bebi lentamente e saboreei meu café enquanto apreciava a beleza do céu matinal. No fundo de minha mente, me perguntava quanto tempo eu tinha antes de ser interrompida. Tirei o celular do bolso e vi que não tinha nenhuma nova mensagem. No geral, isso teria sido um alívio, mas não sabia como estavam as pessoas de quem eu gostava desde a última vez que as vi. Não poder entrar em contato com Nash doía mais do que qualquer outra coisa, mas não poder falar com Izzy também me deixou preocupada. Ela estava preocupada? Será que a notícia da explosão e da minha "morte" havia se espalhado?

    Minha mão tremeu levemente quando coloquei a caneca sobre a mesa. Felizmente, o pânico e a preocupação que senti dessa vez não me fizeram sentir como se estivesse à beira de um ataque de pânico, mas ainda estava preocupada com a possibilidade de ter prejudicado meus amigos de alguma forma.

    Eu não suportaria não saber. Peguei o celular que Kingston havia me dado e enviei uma mensagem de texto para o único número listado nele: o dele.

> Eu: Como estão minhas colegas de quarto?

Quando Kingston não respondeu de forma imediata, fiquei ainda mais preocupada. Tentei dizer a mim mesma que entrar em pânico não ajudaria em nada agora e que não queria acabar no mesmo lugar em que estive na noite passada.

Em vez de me permitir continuar com meus pensamentos perturbadores, olhei para a pasta sobre a mesa, que parecia estar me encarando. Não havia mais nada que pudesse fazer a não ser ler o que quer que estivesse naquela pasta. Peguei minha caneca e tomei outro gole antes de colocá-la no chão.

Estava na hora.

Ignorei o tremor em minha mão, peguei a pasta e fechei os olhos. O que quer que estivesse nela, mudaria minha vida para sempre.

Abri a pasta e retirei os itens que estavam dentro dela. Encontrei fotos, artigos de jornal e outros papéis. A primeira coisa que vi foram os resultados de um teste de DNA que havia sido feito a pouco tempo. Perguntar a Kingston como ele havia conseguido algo com meu DNA provavelmente só me assustaria ainda mais.

Não consegui saber o que havia no restante dos papéis só de dar uma olhada, então os deixei de lado para mais tarde. As coisas mais rápidas para ver seriam as fotos, então comecei por aí.

Havia uma foto da minha mãe, Neil Cross, e um bebê que era fácil de identificar como sendo eu, com base nas fotos de bebê que tinha visto de mim mesma. Curiosamente, ou talvez não, considerando todas as coisas, nunca tinha visto essa foto.

Isso provou que Neil Cross havia me conhecido. Ele sabia que eu existia. É muito provável que ele sabia sobre mim durante toda a minha vida e não fez nada para tentar manter um relacionamento comigo enquanto eu crescia.

Balancei a cabeça com repulsa e raiva ao pensar em como minha vida poderia ter sido diferente se ele tivesse feito parte dela. Sempre me perguntei quem era meu pai e onde ele estava naquele exato momento. Minha mãe me deu muitas desculpas ao longo dos anos sobre onde meu pai estava e por que ele não estava por perto, e eu imaginava que ele não sabia da minha existência. Se soubesse, por que não ligaria ou viria me visitar?

Mas estava errada. Ele sabia que eu estava viva esse tempo todo.

Eu sempre ficava triste quando pensava que meu pai não estava em minha vida. Agora ela foi substituída por raiva quando coloquei a foto no chão.

A pasta continha cartas escritas à mão, que retirei em seguida. Acomodei-me no sofá e puxei os joelhos até o peito. Não estava preparada para o que estava prestes a ler, mas sabia que precisava.

Dei um pulo quando ouvi alguém na porta da frente. Se não fosse Kingston, um plano se formou em minha mente que envolvia jogar minha caneca de café em quem quer que estivesse lá. Da mesma forma que havia feito com Nash quando estávamos na cabana.

As batidas em meu peito diminuíram um pouco quando Kingston entrou na sala. Eu ainda estava apreensiva com a possibilidade de ele tentar me machucar ou matar.

— Você olhou a pasta.

Assenti com a cabeça.

— Ainda não terminei, mas já comecei a ver as coisas que estão aqui. Quando você descobriu sobre mim?

— Não faz muito tempo. Nos últimos dois meses. Por que você voltou para Brentson?

A pergunta dele me deixou perplexa. Era algo que não estava esperando. Por outro lado, as últimas doze horas de minha vida eu também não esperava.

— Voltei para descobrir o que aconteceu com minha mãe. Ela morreu em um acidente de carro com atropelamento e fuga, mas sempre tive a sensação de que não foi tão claro assim. Recebi o que pensei ser uma confirmação disso quando chegou uma carta dizendo que, para descobrir o que aconteceu com ela, precisava voltar para Brentson.

Kingston assentiu com a cabeça antes de me olhar nos olhos.

— Posso responder a essa pergunta para você.

Meu lábio tremeu.

— Você pode?

— Se é algo que você realmente quer saber, posso lhe dizer agora mesmo.

— Diga.

— O acidente de carro de sua mãe foi planejado, e nosso pai fez a ligação para que acontecesse.

As palavras de Kingston me causaram náuseas.

— Ele a matou? Seu pai matou minha mãe.

Kingston assentiu com a cabeça.

— *Nosso* pai matou. E eu sinto muito.

CAPÍTULO 9
RAVEN

— Como você sabe que ele a matou? — Quando a pergunta saiu de meus lábios, senti uma dor de cabeça crescendo. Eu acreditava que era o resultado de todos os meus pensamentos se revirando em minha cabeça com a sua revelação.

— Ele gravava as conversas que tinha com outras pessoas para uma apólice de seguro, como ele gostava de chamar, ou chantagem, se estivermos sendo honestos. Eu ouvi algumas e posso confirmar isso. Se você quiser ouvir, pode, mas suspeito que não queira.

Ele estava certo. Eu não queria ouvir esse monstro conspirando para matar minha mãe. Eu me preparei para a resposta que Kingston poderia dar à minha próxima pergunta.

— Você sabe por que ele a matou?

— Essa explicação está nessa pasta. — Kingston se inclinou para frente e pegou a pasta antes de retirar um pedaço de papel.

— Essa carta foi o que eu supus ser o motivo. Você pode lê-la, se quiser.

Tentei firmar minha mão enquanto pegava o papel dele. A carta era longa e ficava cada vez mais chateada a cada parágrafo lido. Mordi o lábio ao ler um deles mais uma vez.

> *Raven precisa saber que ela é sua filha. Ela faz parte do legado da Cross e merece fazer parte dele, se quiser. A mágoa e a dor que você causou a ela não serão corrigidas facilmente, se é que serão. Ela não ficará feliz por termos escondido isso dela por tanto tempo e ela merece ouvir isso de você. Não vou mais esperar que você tome a decisão certa. Se você não aproveitar essa oportunidade para contar a ela, eu contarei.*

Li o mesmo parágrafo pela terceira vez, permitindo que as palavras se encaixassem. Encostei a carta em meu peito e fechei os olhos. A vontade de me enrolar em uma bola e chorar estava lá, mas não queria que Kingston visse minhas lágrimas. Não queria que ninguém me visse chorar se pudesse evitar. A luta sobre o quão vulnerável eu poderia realmente ser agora era travada dentro de mim, e não sabia para onde me virar. Eu podia sentir Kingston me observando, mas ele não disse nada para me distrair do momento que estava vivendo.

— Como Neil morreu?

— Eu o matei.

— Você matou... seu próprio pai?

— Matei. Ele não merecia mais estar vivo.

Não havia remorso em seu rosto ou em suas palavras.

Com quem diabos estou lidando?

Sua indiferença me lembrou a de Nash depois que ele matou meu suposto sequestrador. Será que isso foi algo que lhes foi ensinado como membros dos Chevaliers? A falta de empatia que Nash tinha por Paul fazia sentido. Ele não o conhecia, não tinha nenhum relacionamento com ele além do que ele havia tentado fazer comigo. Mas para alguém ver seu pai dessa forma...

Dada a minha própria falta de experiência com o homem, porque ele nem se deu ao trabalho de tentar fazer parte da minha vida, o fato aparente de que ele mandou matar a minha mãe para me impedir de saber a verdade sobre a nossa conexão e a decisão de Kingston de matá-lo, parecia bem claro para mim que o meu pai biológico não era uma pessoa incrível. Todos aqueles sonhos sobre meu pai aparecendo e me salvando não poderiam estar mais longe da verdade. Eles precisavam ser esquecidos.

Era mais um pedaço da imagem dele que eu construí em minha cabeça se desfazendo. A ideia que minha mente tinha sonhado com ele foi completamente destruída. Não que houvesse muita coisa além do que minha imaginação havia criado.

Levei os dedos às têmporas na tentativa de aliviar a dor que pulsava em meu crânio. Meu cérebro estava sobrecarregado de informações e emoções e ainda não tinha certeza de como processá-las.

O toque de um celular cortou o silêncio e não poderia ter ficado mais grata. Isso deu a Kingston outra coisa para se concentrar além das minhas reações às notícias que estavam sendo dadas.

— Sim? — disse Kingston.

Esperei pacientemente enquanto ele ouvia a pessoa do outro lado da linha. Puxei minhas mangas para cima e o movimento deve ter chamado a atenção para mim, porque os olhos de Kingston voltaram para mim. Bem, mais especificamente, na pulseira em meu pulso.

— Você estará aqui em breve?

Com quem ele estava falando? E por que estavam vindo para cá?

— Uh-hum — disse ele em resposta a quem o havia chamado. — Vejo você em breve.

Ele olhou para o celular para encerrar a ligação antes de olhar de volta para mim.

— De onde veio a pulseira?

— Foi um presente.

— De quem?

Reprimi a vontade de responder com um comentário sarcástico e, em vez disso, apenas disse:

— Nash.

Kingston se aproximou de mim e agarrou o meu braço.

— Por que você não disse nada sobre isso ontem à noite?

— Porque não sabia que tinha que dizer... Ei!

Kingston abriu a pulseira e a examinou. Seus dedos pareciam tocar cada centímetro dela, e tinha certeza de que ele seria capaz de descrever a peça de joalheria com os olhos fechados em questão de segundos, dada a concentração que ele tinha nela.

Quando ele não disse nada enquanto a estudava, minha frustração aumentou.

— Em primeiro lugar, você poderia ter pelo menos perguntado. Em segundo lugar, não lhe dei permissão para olhar algo que me pertence.

— Estou me certificando de que não há um rastreador nisso.

Meu coração deu um salto com a sugestão dele, mas logo caiu. Se Nash tivesse um rastreador embutido na pulseira, ele já estaria aqui. A menos que algo terrível tenha de fato acontecido com ele.

— Não há nada nela. Deixe-me colocá-la de volta.

Estendi meu braço e observei Kingston colocar a pulseira de volta em meu pulso. Eu não sabia o que estava esperando, mas se esse era o melhor sinal de que Nash estava realmente bem, eu aceitaria.

— Preciso ir lá embaixo.

— Para falar com a pessoa que estava em ligação?

Kingston assentiu com a cabeça, mas não me deu mais detalhes.

Pensei em perguntar qual era o nome da pessoa, mas sabia que havia uma boa chance de não saber quem ela era.

— É essa a pessoa que me fez voltar para Brentson?

— Sim. Ele não vai ficar muito tempo.

Eu não esperava que ele confirmasse isso abertamente, mas aqui estávamos. Como se já não estivesse nervosa o suficiente com a chegada de Kingston aqui esta manhã, agora estava preocupada com quem estava prestes a encontrar e o que mais poderia descobrir sobre eles.

Kingston começou a fechar a porta suavemente e eu suspirei. Essa seria apenas uma pequena pausa antes que mais informações fossem dadas a mim. Informações que não tinha certeza se queria, embora soubesse que precisava ouvi-las. Claramente, Kingston sabia mais sobre mim e minha família do que eu, e não sabia o que esperar quando se tratava de quem ele estava trazendo para cá.

A primeira lágrima desceu pelo meu rosto quando a porta se fechou com um clique. Era apenas o começo de algo muito maior. Eu havia chorado mais nos últimos dias do que nos últimos anos. Mesmo quando minha mãe morreu, me esforçava ao máximo para permanecer estoica sempre que estava em público. Naquela época, era a única maneira de parecer forte. Eu não queria que ninguém sentisse pena de mim e essa era uma das formas de lidar com a situação. Agora eu sabia que ser forte não tinha nada a ver com demonstrar minhas emoções em público. Para mim, tinha tudo a ver com sobreviver e me reerguer quando sentia que o mundo estava chegando ao fim.

Meus instintos me diziam para me forçar a controlar minhas emoções aqui, mas estava prestes a explodir em lágrimas mais uma vez. Pelo menos tinha conseguido me controlar enquanto Kingston estava aqui, mas era apenas uma questão de tempo até que ele voltasse, com ou sem seu convidado. Eu precisava me concentrar porque não queria desmoronar na frente de Kingston ou de quem quer que estivesse vindo com ele. Esperava manter a compostura porque não queria que nenhum deles me visse chorar, mas eu ainda estava lutando pelo controle. Levantei-me do sofá e fui bem rápido para o banheiro, esperando que, caso eles voltassem logo para cá, eu tivesse conseguido algum tempo para me recompor.

Respirei fundo demais para conseguir contar e tentei pensar em alguma coisa, qualquer coisa, que não fosse o fato de Neil Cross ter matado minha mãe. Agora que sabia a verdade, não tinha ideia do que fazer comigo mesma além de surtar e agora definitivamente não era o momento de fazer isso.

Kingston e quem quer que ele estivesse trazendo para o apartamento saberiam que eu estava chorando pela minha aparência. Meus olhos vermelhos e injetados de sangue e minhas bochechas manchadas revelariam meu segredo bem fácil.

Por que diabos eu me importava se Kingston ou seu associado soubessem que eu estava chorando? Por que tinha vergonha disso? Eu tinha acabado de receber uma notícia horrível e podia expressar como me sentia em relação a ela.

Eu precisava parar de discutir comigo mesma e simplesmente me deixar... ser.

Fiz o melhor que pude para enxugar as lágrimas que haviam caído e, se surgissem mais, tudo bem. Ainda bem que não tinha usado maquiagem, porque teria sido uma bagunça ainda maior para limpar. Respirei fundo antes de sair do banheiro.

Quando estava voltando para a sala de estar, a porta da frente se abriu. Kingston entrou e outro homem vestido com um terno o seguiu. O estranho falou primeiro.

— Raven Goodwin.

— Fico feliz que você saiba quem eu sou, mas não tenho certeza de quem você é.

— Peço desculpas por não ter me apresentado de imediato. Meu nome é Parker Townsend e sou a razão pela qual você está de volta a Brentson.

Ele estendeu a mão para que eu a apertasse como se tivesse acabado de me dar bom dia e perguntou como estava sendo meu dia. Não havia nada que pudesse fazer a não ser seguir o exemplo e, depois de apertarmos as mãos, limpei a minha na perna da calça. Não porque estivesse tentando ser rude, mas porque minhas mãos estavam começando a suar.

— Parker não pode ficar aqui por muito tempo porque é um homem ocupado, mas ele é, de longe, a melhor pessoa para lhe dar mais algumas respostas relacionadas às perguntas que você tinha sobre sua mãe.

— Quero saber por que você me mandou voltar aqui sob o pretexto de ter informações sobre minha mãe.

Os lábios de Parker se mexeram ligeiramente, e pude vê-lo pensando de forma atenta em como responder ao que eu tinha acabado de dizer.

— Eu não esperava que essa fosse sua primeira pergunta.

Cruzei os braços sobre o peito.

— Surpresa.

Dar uma de espertinha não ia me dar o que eu queria, mas estar na frente do homem que tinha começado toda essa merda estava me irritando.

— Eu a trouxe de volta aqui porque havia algo que você precisava cumprir para os Chevaliers. Presumo que você já saiba quem somos.

Olhei fixamente para Parker antes de meu olhar se voltar para Kingston. Ele acenou levemente com a cabeça para mim, como se pudesse saber o que eu estava pensando.

Que se dane. Não havia como conter o que estava pensando agora. Olhei para Parker e disse:

— Você é um membro dos Chevaliers?

Dessa vez, um pequeno sorriso se formou nos lábios de Parker.

— Sou mais do que apenas um membro. Sou o presidente dos Chevaliers da seção da cidade de Nova York, bem como o presidente de toda a organização.

— Então, todos os caminhos levam a você.

— Acho que você pode dizer isso.

— Então você pode dizer por que queria que eu voltasse a Brentson.

— Nash Henson.

De repente, um nó apareceu em minha garganta enquanto tentava engolir o nome de Nash como se fosse um comprimido.

— O que ele tem a ver com isso?

— Você teve algo a ver com o fato de ele conseguir o que mais quer neste mundo.

— Você vai ter que entrar em mais detalhes do que isso.

Parker deu um risinho baixo.

— Não, não vou. Você já recebeu mais informações do que sequer pensaria em dar a outra pessoa. Estou me sentindo generoso, dada a situação em que você se encontra.

— Bem, então, o que mais você pode me dizer?

Kingston mudou o peso de seu corpo. Se ele estava ficando desconfortável com a minha linha de questionamento, ele poderia se ferrar.

— Posso lhe dizer o que quiser porque sei tudo o que há para saber sobre você. Por exemplo, você ainda tem uma pequena cicatriz no joelho de quando caiu da bicicleta aos cinco anos de idade. Ou que tal o fato de ter tentado chantagear Van Henson por dinheiro depois de descobrir que ele estava transando com outras mulheres pelas costas da esposa?

Abri minha boca várias vezes, mas fui forçada a fechá-la quando nenhuma palavra saiu. Não era possível que o que ele havia dito tivesse sido apenas um palpite. Era específico demais.

— Como você sabe essas coisas?

— É o meu trabalho saber coisas como essas. Os Chevaliers se interessaram particularmente por você quando descobrimos sua ligação com Nash e não demorou muito para descobrir o resto de sua história... incluindo os detalhes que você não sabia.

— Isso tem relação com Neil?

Parker demorou um pouco para responder à minha pergunta.

— As informações que eu tinha foram o que levaram Kingston a reunir suas próprias provas e estão todas nos documentos que você vê diante de si.

Parker apontou para a pasta que estava começando a parecer uma espada em brasa que não parava de me cortar desde que Kingston me informou de sua existência.

— Eu li vários dos documentos que estão lá. Muitos deles estão começando a fazer sentido e quero agradecer por ter chamado minha atenção para isso, mesmo que tenha sido para suas próprias necessidades egoístas.

O olhar de Parker se estreitou enquanto ele tentava entender o que eu estava querendo dizer. Olhei para Kingston para ver sua reação e fiquei surpresa ao ver um sorriso descontraído em seu rosto. Era como se ele estivesse satisfeito com a maneira como lidei com a situação. Como eu tinha virado um pouco as coisas para que estivesse no controle, eu teria pensado que ele estaria do lado da pessoa que era o presidente da organização da qual ele era membro. Aparentemente, não.

— Não acredito nem por um segundo que você me atraiu de volta para lá só porque eu tinha algo a ver com o fato de Nash conseguir o que ele mais quer neste mundo.

— Você tem razão. É um pouco mais complexo do que isso.

Quando Parker não continuou, passei a mão pela minha perna novamente para me dar algo para fazer.

— Por que todo esse segredo? Por que você não pode me dizer exatamente o que está acontecendo?

— Porque não quero colocá-la em um perigo ainda maior do que o que já está correndo. Nós não somos os únicos que sabemos de quem você é filha.

Kingston deu um passo à frente e notei o franzir de sua testa.

— É por isso que quero me antecipar a isso. A explosão do carro foi feita para ganharmos tempo e fazer com que eles pensassem que nós dois estávamos mortos. Mas podemos pegá-los completamente desprevenidos se fizermos uma coisa.

— O que seria essa coisa?

— Fazer com que você apareça com o resto da família Cross em nosso baile de gala.

Eu não sabia como me sentir em relação a isso.

— É uma boa ideia? Isso não colocaria um alvo maior em minhas costas?

— Mas também estaríamos publicamente trazendo você para o grupo para mostrar que, se alguém quiser vir atrás de você novamente, terá que lidar conosco. Isso, é claro, somente se esse for o caminho que você quiser escolher.

Eu não esperava tornar isso público tão cedo. Mas se não havia como enterrar o assunto, então essa poderia ser a melhor opção. Eu ainda estava insegura.

— Quando eu tenho que ter uma resposta para você?

A tensão em seu rosto mudou e notei que ele ficou mais relaxado. Será que ele estava preocupado que eu o recusasse de cara?

Parker levantou o braço e consultou o relógio.

— Tenho outra reunião para ir.

Parker estendeu a mão para apertar a minha de novo, dando por encerrada a nossa conversa. Depois que o aperto de mão terminou, ele se virou para caminhar em direção à porta da frente com Kingston atrás dele. Eu não sabia se Kingston planejava ir embora com ele ou se estava apenas acompanhando-o até a saída.

Observei enquanto Kingston e Parker conversavam brevemente, mantendo suas vozes baixas o suficiente para que eu não pudesse ouvir. Então Parker abriu a porta e o guarda que estava do lado de fora se afastou para deixá-lo sair. Kingston fechou a porta atrás de si e se voltou para mim.

— Pense no baile de gala e, se você quiser fazer as coisas que eu disse, a orientarei em tudo e não haverá nada com que você precise se preocupar.

— Vou pensar. Obrigada.

— A propósito, obtivemos, de forma discreta, permissão para que você faça seus trabalhos escolares virtualmente. Um laptop novinho em folha deve chegar a qualquer momento, junto com algumas roupas para você escolher. Se precisar de mais alguma coisa...

— Posso ligar para você ou perguntar para o cara do lado de fora da minha porta. Eu sei.

Kingston me deu um pequeno sorriso.

— Ok. Vou deixar você fazer suas próprias coisas agora.

Ele abriu a porta e começou a sair antes de se virar para me olhar de novo.

— Se você quiser ter companhia, me avise. Posso ver se minha namorada está livre para vir aqui.

Eu queria que fosse Izzy, mas entendi o fato de ele ter tomado as devidas precauções. Se quisesse ter alguém em minha casa agora, teria de ser nos termos dele.

— Claro. Eu o avisarei.

CAPÍTULO 10
NASH

Meus olhos examinaram a estrada à nossa frente enquanto dirigíamos pela estrada familiar por onde estive na noite passada. Já a havia percorrido ao longo dos anos, mas depois da última noite, seu significado para mim mudou. Não havia mais a ideia de que ela era apenas um meio para atingir um fim, uma maneira de ir do ponto A ao ponto B. Agora me enchia de pavor quanto mais nos aproximávamos do inevitável.

— Está aqui... em algum lugar. — Apontei pelo para-brisa.

— Tem certeza?

— Absoluta — eu disse enquanto continuávamos a dirigir. — Diminua a velocidade aqui.

Easton fez o que eu disse, e o SUV se moveu em um ritmo de caracol enquanto descíamos a rua. Minhas emoções em relação aos eventos da noite anterior se tornaram mais intensas e precisei morder a parte interna da bochecha para me impedir de mostrar o quanto a noite passada havia me deixado mal.

— Estacione aqui. — Eu reconheci uma placa na estrada que vi no momento em que o SUV em que estava parou na frente do que Raven estava. Pouco antes de minha vida mudar para sempre.

— É para já.

Easton parou o carro e o colocou em ponto morto. Abri a porta e saí do veículo.

Respirei fundo e caminhei pelo acostamento da estrada. Cada passo que eu dava era excruciante, não por causa da dor que ainda estava em minha cabeça, mas pela dor que sentia em meu coração. Enfiei as mãos nos bolsos para dar-lhes algo para fazer, pois não tinha certeza do que encontraria quando chegasse ao local da explosão.

— Espere — disse Easton enquanto corria atrás de mim. Quando ele alcançou meu ritmo, disse: — Você precisa ter cuidado.

— Eu estou bem.

— Nós dois sabemos que você não está.

Deixei a declaração de Easton pairar no ar enquanto me concentrava em encontrar o local onde o SUV havia explodido. Estava sendo mais difícil do que eu pensava, e isso explicaria o fato de não ter havido nenhuma cobertura da imprensa sobre o acidente. Não havia literalmente nada a ser encontrado aqui.

Até que eu achei algo.

— Dê uma olhada ali. — Parei de repente e apontei para a área gramada ao lado da estrada.

Easton olhou primeiro para a estrada e observou quando um carro passou por nós antes de se virar para ver o que eu estava apontando.

Havia alguns destroços de um carro, mas para alguém que não estivesse lá quando a explosão ocorreu, não saberia dizer o que havia acontecido.

Mas que porra é essa? Quem limpou isso?

— Isso é definitivamente de um carro — disse Easton ao vermos pedaços do que poderia ter sido um pneu. — Você acha que alguém pode ter ouvido a explosão de sua casa?

— Tão longe da cidade? Duvido muito. Mas o fato de alguém ter tido tempo para contratar o que eu presumo que tenha sido uma equipe para limpar...

— É estranho. Alguém queria matar quem estava no carro, mas não queria que ninguém soubesse disso. Por quê?

Eu também queria saber a resposta para isso. Olhamos ao redor da cena do crime por cerca de quinze minutos antes de aceitarmos o fato de que seria difícil encontrar qualquer outra coisa relevante para o que aconteceu na noite anterior. Quem quer que tenha limpado o local fez um bom trabalho e quem sabe até onde os detritos poderiam ter sido jogados do carro quando tudo pegou fogo.

Tornou-se ainda mais urgente para mim encontrar Landon e descobrir o que diabos ele sabia sobre tudo isso. No mínimo, ele havia se vingado de mim batendo na minha cabeça após a explosão. Na pior das hipóteses, ele havia assassinado Raven, Kingston e quem mais estivesse no carro com eles.

— Você está pronto para a nossa próxima parada?

— Sim, vamos embora. Não há mais nada para ver aqui.

Easton e eu voltamos para seu carro e ele fez um retorno para que pudéssemos voltar para Brentson. Quanto mais nos aproximávamos da casa de Raven, mais meu coração batia forte.

O trajeto até a casa de Raven fez várias coisas. Confirmou que meu carro ainda estava lá, estacionado exatamente onde o havia deixado.

O carro de Raven ainda estava lá, o que só intensificou os sentimentos que eu estava tendo.

Visões do que havia ocorrido na noite anterior passaram por minha mente, e cerrei os dentes. Havia tantas coisas que eu poderia ter feito para mudar o que aconteceu na noite passada. Lutar contra os homens de Kingston teria me levado a estar no carro com os dois e, depois, teria morrido com eles. Que merda, isso era melhor do que a dor que estava sentindo agora.

Passei a mão em meu cabelo e o puxei com mais força do que pretendia. Isso não fez nada para aliviar a dor em minha cabeça, mas fez o que pretendia fazer: me impedir temporariamente de pensar em Raven.

— Certo, vamos embora. Vou pedir para alguém levar meu carro de volta ao meu apartamento.

— Pode deixar.

— Obrigado, cara.

Easton olhou para mim com o canto do olho.

— Obrigado pelo quê?

— Por fazer tudo isso. Só por... estar aqui.

Easton pareceu surpreso com o que eu disse.

— De nada. Sei que você faria o mesmo por mim. Apenas lembre-se disso quando chegar a hora.

Eu dei uma risada e foi a primeira vez que senti qualquer tipo de felicidade desde que tudo aconteceu.

— Vou me lembrar disso.

Depois que conversarmos com o presidente Caldwell e localizar Landon, caberá a mim trabalhar com Izzy e planejar um serviço memorial para Raven. Eu nem sabia como planejá-lo porque não havia nenhum corpo ou evidência de que algo tivesse acontecido. No máximo, as pessoas provavelmente pensariam que ela havia deixado a cidade novamente.

O que diabos vou dizer à Izzy?

Meu celular tocou e dei um leve pulo ao ouvir o som. Por um breve momento, pensei que poderia ser Raven. Engoli minhas emoções quando vi o nome de Bianca olhando de volta para mim.

— Oi.

Tentei manter minha voz nivelada para não levantar nenhuma preocupação com ela. Eu tentaria me certificar de que o menor número possível de pessoas soubesse sobre a morte de Raven pelo maior tempo possível, com a esperança de me dar a oportunidade de eliminar os responsáveis rapidamente.

— Nash, você está bem? Liguei para você várias vezes.

Eu não tinha notado nenhuma ligação dela, mas ignorei sua pergunta, optando por responder com uma pergunta minha.

— O que há de errado?

— Mamãe e papai estavam preocupados com você. Eles esperavam que você pudesse ir a um almoço de última hora hoje, para o qual eles estão me arrastando.

— Hoje não posso, mas estarei no próximo evento.

Bianca suspirou do outro lado da linha, e eu ouvi Easton ao meu lado dar uma risada seca. Acho que ele a tinha ouvido.

— Eu realmente esperava que você fosse um escudo entre mim e os amigos de nossos pais.

— Eu gostaria de poder ser, mas tenho algumas coisas que preciso resolver primeiro. Mas prometo que irei ao próximo evento ou festa que a mamãe e o papai arrastarem você.

— Ótimo, porque será um evento organizado por Martin Cross na cidade de Nova York.

Meus olhos se arregalaram por um segundo antes de me conter. O evento não havia sido cancelado por causa da morte de Kingston na explosão do carro. Isso fez crescer todos os pelos do meu corpo.

— A família Cross está dando uma festa?

— Aparentemente é isso, mas você sabe que é mais uma oportunidade de networking. Uma chance para pessoas ricas conhecerem outras pessoas ricas.

Dei uma risada porque ela estava nos envolvendo com as mesmas pessoas que ela estava criticando.

— Eu vou e o Easton vem comigo.

O veículo deu um solavanco quando Easton olhou para mim. Eu podia vê-lo pelo canto do olho, mas não liguei.

Bianca ofegou antes de baixar a voz.

— Não acho que isso seja uma boa ideia.

— Eu lhe devo muito por ter me ajudado em algo e que melhor maneira de retribuir do que garantir que ele tenha uma excelente comida, bebida de graça e uma oportunidade de se relacionar com a família Cross e seus convidados?

— Você e eu sabemos que ele não precisa se relacionar. Ele tem contatos, assim como nós temos.

— Nossa mãe o ama.

— Nossa mãe não o conhece.

Eu não queria continuar a falar sobre Easton com ela enquanto ele estava sentado ao meu lado.

— Podemos conversar sobre isso mais tarde. O resto está tudo bem?
— Sim, claro.
— Tudo bem então, tenho que ir, mas falo com você mais tarde.
— Tchau.

Encerrei a ligação e coloquei o celular de volta no bolso. O que eu não havia dito a Bianca era que o motivo pelo qual tinha decidido espontaneamente convidar Easton fazia parte de um plano que estava se formando rapidamente em minha cabeça. Era óbvio que havia algo errado aqui. Por que alguém estaria planejando dar uma festa se um membro da família tinha acabado de morrer?

Eu tinha que aproveitar todas as oportunidades que me fossem dadas nessa festa de gala. O primeiro passo era ter certeza de que Easton estaria lá. Eu precisava de alguém para manter minha família ocupada enquanto eu encontrava um membro da família Cross e descobria exatamente o que diabos havia acontecido com Raven.

CAPÍTULO ONZE
NASH

Eu estava fora do carro antes que Easton o parasse completamente. A dor na minha cabeça estava piorando um pouco, mas estava determinado a ir em frente. Para minha sorte, Easton havia estacionado perto da entrada lateral da Mansão Chevalier, o que facilitou minha entrada por aquela porta em vez de entrar pela frente.

Meu corpo me deu um pequeno aviso de que eu poderia estar exagerando quando saí do carro. Fazia sentido que fosse um pouco mais cauteloso, dada a condição em que me encontrava, mas não estava nem aí para mim mesmo. O objetivo era descobrir quem havia matado Raven... ou se havia algo mais acontecendo. No entanto, sabia que precisava ter em mente que não seria capaz de matar o filho da puta que causou essa dor em meu coração se me envolvesse em outro incidente, relacionado a veículos ou não.

Ainda era um pouco cedo pela manhã e eu tinha certeza de que muitos dos Chevaliers ainda estariam dormindo. Não me importava se tivesse que acordar a casa inteira. Se não conseguisse pelo menos uma pista sobre o paradeiro de Landon enquanto estivesse aqui, seria um inferno.

— Cara, vá com calma — me avisou Easton. Será que ele não sabia que dizer isso só iria me enfurecer ainda mais?

— Para trás — eu disse. A adrenalina que corria em minhas veias estava se movendo em um ritmo alarmante. A única coisa que poderia me acalmar era encontrar Landon Brennan.

— Só estou dizendo que...

Olhei por cima do ombro e encontrei Easton.

— Eu sei o que você está tentando fazer, mas agora não é o momento. Se a pessoa que você amava fosse assassinada, você faria tudo o que estivesse ao seu alcance para descobrir quem cometeu o crime.

Parei por um momento ao perceber que era a primeira vez que eu admitia em voz alta que amava Raven. Não me importei com o fato de finalmente ter admitido isso para alguém, mas é claro que Easton também foi pego de surpresa, embora ele não tenha dito mais nada. Presumi que fosse para evitar que ele tivesse de fazer outra pergunta e para que eu desse uma resposta para a qual nenhum de nós estava preparado.

Nós dois permanecemos em silêncio enquanto caminhávamos pela Mansão Chevalier. Se alguém estivesse acordado a essa hora, eu os desafiava a dizer algo para nós, pois a única coisa que fariam era aumentar minha raiva.

Subimos as escadas sem encontrar ninguém e logo me vi em frente ao quarto de Landon. Era ridículo ficar mais irritado só de estar do lado de fora do quarto de alguém? Sim, mas a parte racional do meu cérebro não estava funcionando no momento, e não tinha problemas em admitir isso.

Bati na porta e ninguém respondeu. Essa parte não foi surpreendente para mim. Entretanto, quando girei a maçaneta e fiz um pouco de pressão, a porta se abriu sem problemas. Isso me deixou desconfiado.

Suspeitei que alguém que trabalhasse para Kingston ou que valorizasse qualquer senso de privacidade teria trancado a porta se não estivesse no quarto. Portanto, ou ele estava com pressa para sair e se esqueceu, o que parecia improvável, ou tudo isso foi planejado.

Quando ouvi Easton se mover atrás de mim, falei imediatamente.

— Espere um segundo.

Enfiei a mão no bolso e tirei meu celular. Liguei a lanterna dele e direcionei para o interruptor de luz para ver se notava algo estranho.

— O que está fazendo?

— Olhando para ter certeza de que não há nada no interruptor de luz.

— Por que haveria?

— Eu não deixarei nada passar depois da noite passada e deveria ter sido mais cuidadoso ao abrir a porta. — Eu estava um pouco arrependido disso agora, mas pelo menos nada havia acontecido.

— Você acha que ele teria preparado uma armadilha?

Agora Easton e eu estávamos na mesma página.

— Não tenho certeza, mas, como disse, depois que ele apontou uma arma para a minha cabeça ontem à noite, não duvidaria de nada.

Apertei o interruptor na parede, fornecendo a tão necessária luz para o quarto. O espaço era o dormitório mais imaculado que já tinha visto. A cama estava perfeitamente arrumada. Fiquei imaginando se Landon havia voltado para cá ou se essa cama não havia sido usada na noite anterior.

Não havia roupas no chão ou penduradas nos móveis. Não havia papéis espalhados. Quase parecia que esse quarto era uma encenação e que ninguém realmente morava ali. Eu odiava o fato de não podermos realmente arruinar o espaço, porque isso teria me dado a chance de liberar um pouco da minha agressividade reprimida.

— Tem certeza de que esse é o quarto do Landon? Ou é um quarto que eles mostram para os alunos em potencial?

A pergunta de Easton deixou óbvio que ele estava tendo os mesmos pensamentos que eu. Havia o fato de estar arrumado e limpo e depois havia isso.

— Este é o quarto dele. Tenho certeza — respondi. — Devemos dar uma olhada no que pudermos. Vou verificar a escrivaninha dele.

— Vou ver se encontro uma mochila ou algo do gênero. Ele pode estar com ela, mas se estiver aqui, eu a encontrarei.

— Bom plano. — Não havia muito o que fazer aqui, pois os quartos não eram muito grandes.

Assim como no resto do quarto, não havia muita coisa em sua mesa além de algumas folhas de papel e um livro didático. Dei uma olhada nos papéis e eles não continham nada que me interessasse.

Folheei as páginas do livro didático de matemática para ver se alguma coisa caía. Quando estava folheando, parei na página 103 e encontrei um post-it colado na página. Peguei-o e, embora sua caligrafia não fosse das melhores, consegui ler as palavras escritas no pequeno pedaço de papel:

> *Gala da Indústria Cross*

Por que ele precisaria escrever isso em um post-it? Ele estava planejando participar? Ele devia ter um desejo de morte se achasse que estaria entrando se estivesse envolvido no assassinato de Kingston Cross.

— Isso é estranho — eu murmurei.

— O que é?

— Landon tinha algo sobre o baile de gala das Indústrias Cross escrito em um post-it no livro didático aqui.

— Você acha que ele está planejando ir?

— Não tenho certeza, mas como ele estava envolvido, pelo menos de certa forma, na explosão do carro, imagino que ele esteja tentando causar um tumulto maior no evento. Para piorar minha situação, essa pode ser a única oportunidade que terei de encontrá-lo em breve.

Easton parou de se mover e olhou para mim por cima do ombro.

— Então você acha que ele pode ter deixado isso para nós?

Assenti com a cabeça.

— Tudo isso tem que ser uma armadilha. É muito conveniente que ele tenha escrito isso em um pedaço de papel que eu consegui encontrar facilmente.

Landon sabia que eu viria atrás dele, desde que não tivesse nenhuma perda de memória após seu ataque contra mim. Ele poderia ter encoberto seus rastros muito melhor do que isso, inclusive apagando as imagens do meu apartamento.

Por que ele estava me dando uma dica? Foi uma perseguição inútil que não significou absolutamente nada? Senti como se estivesse perdendo a cabeça aos poucos.

— Acho que não vamos conseguir mais nenhuma informação aqui. Está na hora de irmos embora e vou ligar para o Presidente Caldwell no carro.

— O que você está fazendo aqui?

Eu me virei e encontrei Trevor parado na porta.

— Estou procurando pelo Landon. Ele se envolveu em um... incidente e eu gostaria de falar com ele.

— É óbvio que ele não está aqui.

Não me diga. Eu queria dizer essas palavras em voz alta, mas isso não me levaria a lugar algum.

— O presidente gostaria de ver você.

Eu quase ri na cara do Trevor. O que Tomas poderia querer falar comigo agora? Sinceramente, não estava me importando com quase nada no momento, então não sabia se isso ia dar certo.

Mas ele também poderia ter alguma informação sobre onde Landon poderia estar.

— Está bem. Onde ele está?

— Na sala de reuniões. — Os olhos de Trevor se desviaram entre mim e Easton, e pude ver o que ele estava pensando.

— Ele vem comigo. O que quer que o Tomas queira me dizer, ele pode dizer na frente dele.

A caminhada até o andar de baixo e depois até o corredor foi feita em completo silêncio, fora o som de nossos passos. Easton estava ao meu lado, estudando a arte nas paredes, as placas e os quadros que comemoravam os membros do Chevalier que ainda estavam vivos e os que haviam morrido. Olhei para ele e notei o fascínio em seu rosto, como se a rica história desse edifício o estivesse atraindo como uma mariposa para uma chama.

Eu entendia os sentimentos que estavam passando pela cabeça dele naquele momento. Era a mesma sensação que eu tinha quando meu avô me contava histórias sobre os Chevaliers. Essas sensações calorosas e confortáveis agora estavam em dúvida quanto mais eu me aproximava da sala de reuniões. Tudo nessa situação gritava que toda essa bagunça era uma série de eventos fodidos e eu estava no meio dela sem ter para onde escapar. Ou seja, a menos que eu fosse capaz de filtrar as besteiras e encontrar o que seria essencialmente a luz no fim do túnel.

Trevor foi até a porta da sala de reuniões e bateu. Quando Tomas nos disse para entrar, Easton e eu seguimos atrás de Trevor, permitindo que ele continuasse a ser nosso guia. Quem sabia em que diabos tínhamos acabado de entrar.

— Ouvi dizer que você estava revistando o quarto de Landon.

— Você o viu? — Eu me recusava a admitir o que estava fazendo no quarto de Landon.

— Não. Não desde algumas noites atrás. Isso não explica por que você estava no quarto.

— Eu não percebi que você tinha me feito uma pergunta.

Os olhos de Tomas se estreitaram, mas sua tática de intimidação não funcionou. Eu já estava muito longe de me preocupar com qualquer coisa que ele pudesse dizer se não tivesse a ver com o paradeiro de Landon. Eu não sabia o quanto mais eu poderia suportar depois de tudo o que aconteceu.

Eu estava no limite. Não sabia o que me faria estourar, mas o modo como ele estava me observando parecia estar me testando. Eu estava mais do que disposto a aceitar o desafio.

— Cuidado, Henson.

— Não tenho nada com que tomar cuidado.

Eu podia sentir a frustração irradiando de Tomas. Ele fechou os olhos e balançou a cabeça uma vez antes de abri-los novamente. Em seguida, olhou de volta para mim.

— Por que você está procurando Landon?

— Porque preciso falar com ele sobre um incidente em que ele esteve envolvido.

Os olhos de Tomas estavam grudados em mim enquanto ele esperava que eu fosse mais longe, mas não fui. Eu não iria fornecer mais informações do que ele pedia ou do que eu tinha vontade de dar.

— O que você precisava falar com Landon que era tão sério a ponto de precisar revistar o quarto dele? Você tentou ligar para ele?

Foi minha vez de encarar Tomas, porque ele fez parecer que procurar no quarto de Landon era minha primeira opção.

— Claro que tentei. — Minhas palavras foram mais mordazes do que pretendia, mas não me importei. — Ele não atendeu o celular e eu liguei várias vezes.

— Talvez ele não queira ser encontrado agora — ofereceu Tomas.

Isso não era bom o suficiente.

— Bem, isso é péssimo para ele, porque vou fazer tudo o que estiver ao meu alcance para encontrá-lo. Ele tem muito a responder. Ele tem muito pelo que responder.

— E o que é tão importante que você precisa encontrá-lo agora?

Pensei em minhas palavras e decidi ser sincero. Eu queria avaliar as reações deles às minhas notícias.

— Porque acredito que ele esteja envolvido no assassinato de Raven.

Todos ficaram tão quietos que daria para ouvir um alfinete cair.

Observei Trevor e Tomas atentamente em busca de algum sinal de choque ou surpresa, mas apenas um deles agiu como se essa fosse uma notícia que ainda não tivessem ouvido. Os olhos de Trevor se arregalaram e sua boca se abriu. O que quer que Tomas estivesse sentindo, ele mantinha bem perto de seu peito. Isso não foi uma surpresa, pois era o que ele costumava fazer.

Tomas se recostou em sua cadeira e disse:

— É uma pena.

Eu não tinha certeza de qual era a reação que eu esperava, mas com certeza não era essa.

— Você sabia alguma coisa sobre isso?

— Não, não sabia. Nunca queremos que isso aconteça com alguém que não merecia morrer, mas essa também é uma maneira de você conquistá-la.

Eu quase o ataquei, mas Easton deve ter percebido que eu ia fazer alguma coisa, pois colocou a mão em meu ombro, me impedindo. Era como se ele estivesse me lembrando de tudo o que eu tinha a perder.

— Qualquer coisa relacionada aos testes de liderança do Chevalier não significa mais nada para mim.

Tomas me estudou, provavelmente se perguntando se eu estava dizendo a verdade. Se ele não percebia que eu estava disposto a arriscar tudo, a culpa era dele. Se não obtivesse as respostas de que precisava, não me importava com o que teria de fazer para demonstrar minha raiva.

Eu não tinha problema algum em incendiar este mundo e levar tudo junto comigo.

Tomas dispensou Easton e eu sem me interrogar muito mais. Isso foi muito melhor para todos nós, porque tudo o que ele estava fazendo era desperdiçar meu tempo. Eu ainda tinha ligações a fazer e possíveis visitas que talvez precisassem acontecer.

— Você sabe que eu nunca estive aqui antes.

A voz de Easton me forçou a desviar minha atenção. Olhei para ele, observando toda a história dos Chevaliers que o cercava. Eu havia feito pequenos comentários sobre os Chevaliers para ele, certificando-me de não lhe contar nada que devesse ser mantido em segredo para as pessoas que não eram membros.

— Os Chevaliers têm uma longa história e têm causado um enorme impacto em pessoas e eventos em todo o mundo. Na maioria das vezes, isso foi feito em segredo e, embora algumas pessoas saibam quem somos, elas não sabem tudo o que fazemos.

— Estou começando a perceber isso.

Ele parecia quase hipnotizado por tudo isso. Nada do que ele estava vendo estava fora dos limites para o público em geral, mas era interessante observar como o que ele estava vendo havia capturado sua atenção e se recusava a soltá-lo. Em qualquer outro momento, eu teria achado isso fascinante...

Easton balançou a cabeça e se concentrou em mim.

— Cara, eu não sei o que aconteceu. Você está pronto para ir?

Eu estremeci. Uma pontada na minha cabeça me forçou a desacelerar por um momento para me recompor.

— Podemos voltar para o apartamento.

Fiquei feliz por Easton ter dito isso, assim não precisei fazê-lo. Admitir em voz alta que eu estava sendo afetado por isso era frustrante. Eu não tinha tempo para ficar aqui sentado tratando os meus ferimentos. Mas, pelo menos, ainda podia fazer ligações no carro para, com sorte, avançar em minha missão.

— Sim. Boa ideia. — Não falei mais nada devido ao medo de que alguém pudesse estar ouvindo. Embora as chances de alguém ter acordado e ter vindo até aqui para nos espionar fossem mínimas. Mas ainda não queria correr o risco de deixar escapar algo que pudesse ser usado contra o que eu estava tentando realizar.

Saímos da Mansão Chevalier e esperei até que o prédio estivesse no retrovisor antes de sacar meu celular. Percorri meus contatos e encontrei o que eu queria. Sem pensar duas vezes, apertei o botão que ligaria para o celular do Presidente Caldwell.

Pensei novamente em como consegui o número do presidente em meu celular e só pude agradecer por meu pai ter conseguido o cargo para ele.

Não seria surpresa para ninguém o fato de Van Henson fazer parte do conselho de administração da Universidade Brentson. Ele, os membros da família Cross e vários outros membros da família Chevalier que também faziam parte do conselho garantiam que os valores da escola estivessem estritamente alinhados com aqueles que os Chevaliers compartilhavam. Era também por isso que, sempre que a merda acontecia, as chances de ela se tornar pública eram mínimas. A situação com Caleb Johansen era uma exceção à regra.

Era por isso que não estava preocupado em matar Paul na Mansão Chevalier. Se as coisas tivessem saído do controle, provavelmente teriam sido varridas para debaixo do tapete para que eu não tivesse que me preocupar com nada disso. Também foi por isso que não houve problema em levar Raven para minha cabana e fazer com que nós dois completássemos nossos trabalhos acadêmicos remotamente sem que alguém sequer dissesse uma palavra sobre isso.

Valeu a pena participar e ter amigos em posições de destaque, e isso incluía o Presidente Caldwell.

O celular do Presidente Caldwell tocou e tocou, aumentando minha irritação quanto mais eu tinha de esperar. Eu entendia que ele era um homem ocupado, mas esperava tê-lo contactado antes que ele se ocupasse com as coisas que precisava fazer. Quando finalmente me cansei de esperar que ele atendesse, desliguei a chamada.

— Filho da puta — eu murmurei enquanto afastava o celular do ouvido.

— Ele não atendeu?

— Não. Vou enviar uma mensagem de texto para que ele entre em contato comigo assim que puder.

Toquei a tela do meu celular enquanto pensava no que poderia fazer em seguida. Eu havia chegado a um beco sem saída com a busca por Landon e agora tinha que esperar que o Presidente Caldwell me contasse sobre o fato de Raven ter sido transferida para cá com uma bolsa integral sem que ela soubesse de nada.

Sem falar que a dor na minha cabeça estava começando a aumentar.

— Há uma pessoa com quem posso falar sobre isso que talvez possa ajudar, se ele não quiser ser um completo idiota.

— Quem?

— Meu pai.

CAPÍTULO 12
RAVEN

Fiquei olhando para o teto mais uma vez, esperando que o sono viesse. Eu estava exausta com todas as informações que havia aprendido e agora tinha que me preparar para uma grande reunião com o resto da família Cross e depois para um baile de gala em alguns dias.

Que diabos era essa minha vida? Será que algum dia eu sentiria que estava no controle de alguma coisa novamente?

O controle tinha sido um dos aspectos em que me concentrei enquanto estava longe de Brentson. A decisão de ir embora não tinha sido minha, mas, enquanto estive fora, fiz tantas coisas que nunca tinha conseguido fazer enquanto estava lá. Tomei minhas próprias decisões enquanto estava fora, sem a aprovação de outra pessoa.

Fui para a faculdade porque quis. Prosseguir meus estudos sempre foi uma meta minha, algo que me foi incutido desde cedo. Apesar de sempre ter tido a intenção de ir para a faculdade, estava concentrada na Universidade de Brentson por causa do meu relacionamento com Nash. Depois que parti, poderia ter optado por deixar a faculdade de lado, e provavelmente teria sido a decisão mais fácil, mas era importante para mim, e eu fiz isso.

Assim como fiz todas as outras coisas enquanto estive fora. Eu estava sozinha, me sustentando sem ninguém para me apoiar, e sobrevivi. Mas agora, tinha dado vários passos para trás por causa de circunstâncias fora do meu controle. No fundo, sabia que as coisas não seriam assim para sempre. Era outro desafio que eu superaria com o tempo.

Com sorte, seria mais cedo do que tarde.

Virei-me de lado e fechei os olhos, implorando para que o sono tomasse conta do meu corpo. Mas não conseguia desligar meu cérebro.

Contar carneirinhos ou qualquer outra coisa não havia funcionado. A xícara de chá que tomei antes de dormir estava ótima, mas ainda estava acordada.

Como o sono não viria tão cedo, levantei-me da cama. Um calafrio me percorreu e peguei meu moletom para aquecer o corpo antes de entrar no outro cômodo.

Fui até a cozinha para pegar um copo de água com tantas perguntas flutuando em minha mente.

Será que eu queria fazer isso?

Você teria que estar morando embaixo de uma pedra se não soubesse quem era a família Cross ou quão poderosa ela era. Se eles estavam organizando esse baile de gala, tinha certeza de que seria grandioso e muito mais extravagante do que a festa que os Henson deram há algumas semanas.

Será que eu queria ser empurrada para o circo que isso causaria?

Havia realmente uma escolha para mim em tudo isso?

Suspirei antes de tomar outro gole de minha água. A opção de fugir de Nova York novamente havia aparecido em minha lista de opções disponíveis. Seria covardia dessa vez, já que eu tinha mais influência e a oportunidade de pôr um fim ao que quer que estivesse acontecendo aqui?

Mas a que custo para as pessoas com quem me importava?

Droga.

Não era de se admirar que eu não conseguisse dormir. Coloquei meu cabelo atrás da orelha enquanto levava o copo aos lábios novamente. Fiz uma pausa quando meus olhos avistaram meu laptop novinho em folha que havia chegado hoje. Estava em cima da pasta cheia de documentos que ainda não tinha tido tempo de sentar e ler completamente.

Toda vez que tentava me convencer a mergulhar de novo no que estava escondido entre aquelas páginas, isso abria mais um pouco a ferida em meu coração que eu não conseguia administrar. Eu precisava me dar espaço e decidi passar o resto do dia tentando descobrir como usar esse laptop.

Ele tinha todos os recursos que alguém poderia desejar. Velocidades mais rápidas, mais armazenamento e gráficos melhores eram apenas algumas das atualizações que essa máquina tinha em relação ao meu computador antigo. Ele compensava o antigo telefone flip que Kingston me deu como celular.

Não me passou despercebido que o laptop também tinha os mais altos recursos de segurança, incluindo muitos aplicativos para garantir que seria muito difícil rastreá-lo. Eu supunha que isso ajudava quando, pelo menos por enquanto, eu deveria estar morta.

Peguei meu copo, caminhei até o sofá e dobrei as pernas embaixo de mim ao me sentar.

Não pude deixar de me perguntar o que Nash estava fazendo agora.

Será que ele estava pensando em mim tanto quanto eu estava pensando nele?

Limpei uma lágrima perdida que escorreu pela minha bochecha sem que percebesse. Eu achava que minha vida tinha virado de cabeça para baixo há mais de dois anos. Mas isso parecia diferente.

Havia tantos pensamentos conflitantes em meu cérebro, e não conseguia entender tudo. Talvez tomar uma taça de vinho fosse uma opção melhor.

Antes de ceder à tentação, peguei meu laptop e comecei a navegar na internet na tentativa de encontrar algo que me mantivesse ocupada ou me deixasse com sono. Ou ambos.

Quando nada chamou minha atenção, meus olhos mais uma vez se voltaram para a pasta na mesa de centro. Arrancar o curativo era a melhor maneira de fazer esse tipo de coisa, certo?

Eu tinha revisado as fotos, artigos de notícias e outras informações, mas havia uma coisa que ainda estava me impedindo.

Depois de ler uma das cartas que minha mãe enviou a Neil, na qual ela implorava para que ele me dissesse que era meu pai, achei que não teria coragem de ler o resto. Eu só conseguia imaginar a dor que ela sentia ao escrever cada palavra, na esperança de proporcionar um futuro melhor para a filha, mas que teve seu pedido ignorado.

E agora eu estava prestes a me aprofundar em seus pensamentos particulares. Por um lado, isso poderia fazer com que me sentisse mais próxima dela do que quando ela estava viva. Por outro lado, senti como se estivesse prestes a ler tudo sobre um dos momentos mais traumáticos de sua vida.

Com a respiração trêmula, peguei a pasta e comecei a ler mais uma das cartas que minha mãe enviou a Neil.

A ferida dentro de mim ficou maior. Lamentei a perda de minha mãe mais uma vez. Lamentei a perda de uma infância que eu poderia ter tido se meu pai tivesse sido mais do que um pedaço de merda sem valor.

E eu chorei.

CAPÍTULO 13
NASH

Duas manhãs depois, acordei me sentindo revigorado. Embora ainda estivesse com um hematoma na cabeça devido ao golpe com a arma, minha mente estava mais clara. A névoa que pairava sobre mim havia se dissipado. Foi difícil descansar com meus pensamentos girando em torno de Raven e sua morte. Mas acabei dormindo mais do que normalmente dormiria, o que era necessário.

Easton ficou em seu próprio apartamento nas últimas duas noites, e fiquei feliz com isso. Foi um alívio não precisar mais de uma babá.

Eu me sentia confortável o suficiente para dirigir meu Jaguar F-TYPE e lidar com mais besteiras hoje, então era o momento perfeito para ir à casa dos meus pais. Verifiquei meu celular antes de colocá-lo no bolso. Eu ainda não tinha recebido notícias do Presidente Caldwell e isso era um problema. Eu havia ligado para a secretária dele ontem, e ela mencionou que ele estava viajando e voltaria amanhã, então esperava ter notícias dele até lá.

A viagem até a casa dos meus pais foi tranquila e demorei um pouco para estacionar e sair do veículo. Subi as escadas da frente e abri a porta. Esperei um momento para ver se Charles apareceria, mas ele não apareceu.

Estranho.

— Nash. O que está fazendo aqui?

Virei-me e encontrei minha mãe caminhando até mim com uma expressão de choque no rosto. Logo se transformou em um sorriso caloroso quando ela colocou as mãos em cada lado do meu rosto.

— O que aconteceu?

— Nada. Está tudo bem.

— Não parece que não foi nada. Isso foi por causa do futebol?

Minha mãe presumia que a maioria das lesões que eu tinha sofrido era resultado do futebol. Parte disso foi porque ela não queria que eu praticasse o esporte devido aos perigos que poderiam surgir como resultado dele. Eu não a culpava.

— Sim. Houve um incidente no treino e depois... — Fiz um gesto para a mancha em minha cabeça. — Mas estou bem.

Eu não queria que ela soubesse de onde eu realmente tinha tirado o hematoma. Não valia a pena arrastar outra pessoa para essa bagunça. Eu também não planejava contar ao meu pai mais informações do que o necessário. Quanto menos eles soubessem, menos perguntas teria que responder.

— Algo mais está errado.

— O quê?

— Posso ver em seus olhos. Alguma outra coisa está errada.

— A pancada na minha cabeça foi bem forte. — Isso não era uma mentira.

— Você deveria ter me ligado. Eu poderia ter ido até o seu apartamento e ajudado a cuidar de você.

Dei de ombros.

— Eu estava sendo bem cuidado.

— Raven?

Dei de ombros novamente, decidindo que essa era a melhor maneira de responder a essa pergunta. Antes que ela pudesse fazer outra pergunta, a puxei para um abraço, surpreendendo-a com mais afeto do que havíamos demonstrado um ao outro em algum tempo.

Era bom estar de volta em seus braços. Todas as coisas pelas quais eu havia passado nos últimos dias tinham cobrado seu preço. Não importava a diferença de nossa visão das coisas, saber que ela me apoiava naquele momento era o que eu precisava. As coisas poderiam mudar em um piscar de olhos, mas, no momento, eu estava saboreando o sentimento de ser amado.

Eu me afastei e olhei para ela.

— Meu pai está aqui?

— Sim. Ele está em seu escritório. Posso pegar alguma coisa para você antes de ir para lá? Comida? Algo para beber?

Olhei para a porta e me veio à mente a minha imagem entrando lá pouco antes de ele me contar o que eu agora acreditava ser uma mentira sobre Raven. Afastando esse pensamento, voltei a olhar para minha mãe.

— Não, estou bem. Onde está Charles?

— Ele está de folga hoje.

Eu provavelmente poderia contar em uma de minhas mãos o número de vezes que notei que Charles não estava trabalhando. É claro que tenho certeza de que houve mais vezes em que eu não estava prestando atenção, mas ver minha mãe assumir esse papel, mesmo para mim, foi estranho.

A voz de minha mãe interrompeu meus pensamentos.

— Por favor, diga adeus quando estiver saindo.

— Eu direi.

Ela me deu um tapinha no ombro antes de eu me afastar e fui em direção à porta do escritório do meu pai. Decidi que a melhor maneira de garantir que essa reunião não saísse dos trilhos, pelo menos no início, era ser cortês e bater na porta.

— Entre.

Abri a porta e entrei. Meu pai continuou digitando em seu computador por alguns segundos antes de olhar para cima e perceber que eu estava lá.

— Nash. Eu não estava esperando você.

— Sim, eu sei. Não mencionei que estava vindo.

— Bem, entre e sente-se.

Fiz o que ele pediu porque precisava me comportar da melhor maneira possível. Se eu quisesse obter alguma informação dele, era melhor ser gentil do que irritá-lo a ponto de ele ameaçar me expulsar.

— Como estão indo as coisas? — Conversa fiada não era o meu forte, e eu sabia que não deveria me sentir tão constrangido perto do meu próprio pai. Mas isso era algo que ele havia fomentado durante toda a minha vida com sua distância e personalidade exigente e autoritária.

— Você veio aqui para me dizer que vai participar do baile de gala das Indústrias Cross?

— Eu já disse à Bianca que estaria lá. Easton também irá.

— Tudo bem.

Eu não estava perguntando se Easton poderia ir, mas se isso o fizesse se sentir melhor e menos propenso a discutir comigo sobre isso, que assim fosse.

Fiquei pensando se deveria falar de Raven, mas o melhor a fazer era evitar mencioná-la, pois isso provavelmente deixaria meu pai irritado.

— Mas eu não vim aqui para discutir o baile de gala.

Meu pai cruzou os braços sobre o peito.

— Então sobre o que você queria falar?

— Você sabe onde posso encontrar Damien Cross?

Meu pai pareceu surpreso com meu pedido.

— Por que você quer encontrar Damien?

— Tenho algo sobre o qual gostaria de conversar com ele.

— E você vai compartilhar isso comigo?

Eu estava um pouco preocupado que ele fosse fazer isso, então vim preparado.

— É algo relacionado aos testes dos Chevaliers. E como ele foi presidente da seção da Universidade de Brentson em uma época...

— Você quer falar com ele. Não acho que ele possa ajudá-lo com sua próxima tarefa.

— Mas ele pode dar conselhos sobre o que é necessário para dirigir a seção. — Felizmente, as mentiras estavam saindo da minha boca a essa altura.

— Essa é uma boa ideia. Você poderia ter me mandado uma mensagem para pedir o número do Damien.

— Eu sei, mas passei aqui para ver a minha mãe.

Mais uma mentira somada às que eu já havia contado, e não me senti nem um pouco culpado por isso. Van Henson se divertia mentindo para as pessoas próximas a ele e para o público em geral. Não. Não senti um pingo de culpa.

— Aqui está o número dele. Vou avisá-lo que você vai entrar em contato com ele sobre os Chevaliers.

Isso não foi tão ruim.

Eu tinha ficado ali sentado pacientemente e em silêncio enquanto meu pai encontrava o contato dele, me passava o número e depois mandava uma mensagem de texto para Damien. Agora, estava ansioso para sair dali porque minha missão havia sido cumprida. Parte de mim queria perguntar se ele tinha ouvido falar de algum acidente de carro ou explosão, mas não queria que ele começasse a me perguntar por que queria saber. Ele ficaria desconfiado e, se eu estivesse sendo sincero, ele tinha todo o direito de ficar.

Mas o olhar do meu pai me manteve firme na cadeira em que eu estava sentado.

— Quero voltar a falar sobre o baile de gala das Indústrias Cross.

Droga. Pensei que tínhamos deixado de lado esse assunto.

— Claro. O que tem? — As pontas dos meus dedos apertaram os braços da minha cadeira. A vontade de sair dali o mais rápido possível para fazer outra ligação telefônica estava percorrendo meu corpo, mas não queria chamar ainda mais atenção para mim.

— Você não mencionou que irá levar Raven junto. Está tudo bem entre vocês?

O simples fato de ele mencionar o nome dela me fez ficar vermelho.

— Como se você se importasse se estamos bem ou não.

— Eu só estava curioso, já que você gosta de trazê-la para me estressar.

Não pude deixar de revirar os olhos. Ele estava certo ao dizer que eu a trouxe para a festa que eles realizaram aqui em um esforço para irritá-lo, mas foi mais profundo do que isso. Muito mais profundo.

— Tudo é sempre sobre você, não é?

Meu pai zombou.

— Já ouvi esse argumento de você antes.

Afrouxei meu aperto nos apoios de braço e levantei as mãos.

— Porque é sempre o mesmo argumento! Você transforma tudo em algo contra você. Eu não estava aqui para falar sobre Raven.

— Diga-me que você não a trouxe para minha festa de avaliação sobre ser o próximo governador para me irritar.

— Não trouxe. — Esse foi um dos motivos que me levaram a isso, mas não era o único agora. Na época, acreditava sinceramente que a havia trazido como acompanhante para mostrar ao meu pai que ele havia dormido com Raven. Mas agora sei que também fiz isso porque queria mostrar ao público que ela era minha. Eu sabia que havia rumores sobre isso, porque Brentson é uma cidade pequena e muitas pessoas conhecem a história e a conexão dela com esse lugar. Eu queria mostrar ao meu pai e a todos os outros que ela estava comigo.

Tudo o que eu queria ou precisava era tê-la em meus braços, caminhando lado a lado comigo naquela festa. E pela vida afora.

Eu não teria essa chance novamente. O que eu não daria para voltar no tempo e mudar o que aconteceu.

— Você é um maldito mentiroso.

Dessa vez, eu me levantei. Algo que deveria ter feito depois de ter conseguido o número de celular de Damien.

— Ou talvez essa seja sua maneira de aliviar a sua culpa, porque você é o mentiroso. Incluindo a mentira que você me contou sobre Raven.

— Eu nunca menti sobre Raven.

— Então, você ainda está me dizendo que ela tentar transar com você é a verdade?

Sua cabeça se inclinou ligeiramente para trás quando eu disse a palavra "transar", como se ele estivesse enojado por eu ter me rebaixado tanto a ponto de dizer a palavra na frente dele. A essa altura, realmente não me importava, porque a única coisa com a qual me importava neste mundo havia desaparecido.

Meu pai olhou para mim.

— Ela tentou...

— Você vai ficar aí sentado e mentir na minha cara sobre isso? Sério?

— Cale a boca por um minuto, Nash!

Eu tinha certeza de que minha mãe viria correndo para cá a qualquer momento, perguntando por que diabos meu pai estava gritando. Por outro lado, talvez ela não viesse para ficar fora do caminho de sua raiva.

Seus olhos relaxaram um pouco antes de ele dizer:

— Se você tivesse me dado a chance de explicar, eu teria dito que ela tentou me chantagear quando descobriu que eu estava usando um serviço para encontrar acompanhantes. Eu a paguei e disse a ela para deixar a cidade, porque essa era a única maneira de não ter de lhe dizer que ela estava pensando em se tornar uma acompanhante para pagar a faculdade.

Contive minha raiva enquanto processava o que ele havia dito. Raven estava dizendo a verdade. E levei tanto tempo para acreditar nela.

— Então você inverteu os papéis e chantageou Raven e a forçou a deixar a cidade.

Ele acenou com a cabeça.

— Eu não esperava que ela voltasse para cá, mas, por sorte... — Sua voz se arrastou.

— Você estava preocupado que Raven viesse a público e contasse a verdade sobre o que aconteceu?

— É claro. Eu deveria tê-la feito assinar um contrato de confidencialidade. Embora eu ainda pudesse legalmente ir atrás dela se ela dissesse uma palavra sobre isso ao público em geral, minha carreira seria manchada de qualquer maneira. Não haveria como voltar atrás.

— Minha mãe sabe de tudo isso?

— O que acontece entre a sua mãe e eu não é da sua conta.

Ele tinha um argumento válido, mas não era bom o suficiente.

— Ela merece saber.

— Ela sabe. E ela me perdoou.

— Espere, é mesmo? — Nada do que ele disse mudou a raiva que eu sentia, mas não negaria que estava chocado.

— Ela sabe. Não foi algo que achamos que precisávamos que vocês soubessem, porque, embora tenhamos tido problemas por um tempo, seguimos em frente e deixamos a situação para trás.

Meu pai respirou fundo e disse:

— Foi preciso muito para chegarmos onde estamos agora, mas está tudo bem. Mais do que bem.

— Bem a tempo de você se candidatar ao cargo de governador. Que conveniente.

— Sua mãe quer isso tanto quanto eu.

Levantei uma sobrancelha diante de sua declaração. Minha mãe queria essa vida? Sim. Tanto quanto ele? Isso já era motivo de debate.

Alguém escolheu o momento perfeito para me mandar uma mensagem, quebrando um pouco a tensão furiosa na sala.

— Escute, eu não vim aqui para discutir com você. Vim aqui para conseguir o contato de Damien e para ver a minha mãe. Portanto, estou indo embora.

Meu pai acenou com a cabeça.

— Vejo você no baile de gala. E lembre-se de se comportar da melhor maneira possível.

Nem me dei ao trabalho de responder, porque tudo o que isso mostraria era que ele havia me afetado novamente, e eu não queria lhe dar essa satisfação. Virei-me e saí da sala sem olhar para ele novamente. Depois de fechar a porta do escritório atrás de mim, voltei para o hall de entrada.

— Mãe? — chamei, esperando que ela me desse uma dica de onde estava.

— Sim? Estou aqui.

Sua voz vinha da cozinha e, antes que pudesse ir em sua direção, ela apareceu na porta.

— Vai embora tão cedo?

— Sim. Eu tenho que voltar para o meu apartamento e trabalhar em uma tarefa ou algo assim.

— Ou algo assim — ela repetiu antes de dar uma risadinha. — Tudo bem, então, não vou atrasá-lo, embora eu gostaria que você ficasse mais tempo.

— Vejo você no baile de gala das Indústrias Cross.

Seu rosto se iluminou.

— Esqueci que isso estava chegando. Que maravilha. Estou feliz por ter meus dois filhos no mesmo cômodo que eu novamente.

— A festa que você organizou aqui não foi há muito tempo e tanto eu quanto a Bianca estávamos aqui.

Mamãe deu de ombros.

— Você sabe como isso acabou.

Eu sabia. Porque eu tinha sido a causa e não iria me desculpar.

— Até logo, mãe. — Dei-lhe um abraço com um braço só para não bater na xícara de chá que estava em sua mão antes de ir para a porta da frente. Ela me seguiu e observou enquanto eu destrancava a porta do carro e entrava.

Acenei de volta para ela enquanto ela estava na soleira da porta, acenando com uma mão e segurando a xícara de chá na outra.

O encontro agradável com minha mãe não superou o encontro que tive com meu pai. Eu estava furioso enquanto dirigia para casa e sabia que precisava encontrar uma maneira melhor de administrar meus sentimentos, pois estaria na presença dele novamente em apenas alguns dias.

Minha atenção foi desviada da estrada por um segundo quando meu telefone tocou. Era uma das ligações que eu estava esperando.

— Alô, Presidente Caldwell — disse assim que a ligação foi estabelecida.

— Nash, desculpe-me por só estar retornando para você agora. O que posso fazer por você?

— Eu tinha uma pergunta sobre outro aluno que esperava que você pudesse responder para mim.

— Ah?

— Quero saber quem pagou para que Raven Goodwin frequentasse a Universidade de Brentson este ano.

O Presidente Caldwell não respondeu por um momento. Pude ouvi-lo respirar fundo e soltar a respiração pouco antes de me dar a resposta padrão que imaginava que ele daria.

— Você sabe que não devo lhe dar nenhum tipo de informação relacionada a Raven.

Ele não tinha percebido que sua resposta na verdade me dizia mais do que ele pensava.

— Só o fato de você ter respondido dessa forma já me dá uma ideia da situação. Uma grande potência pagou para que ela voltasse para cá, não foi? Não há outra razão pela qual você saberia exatamente a quem eu estava me referindo, a menos que isso tenha se tornado um grande negócio.

— Não posso lhe falar sobre a situação financeira de nenhum aluno que frequenta a universidade.

— Mas não foi isso que você disse inicialmente. Você foi específico ao dizer que não poderia me dizer nada relacionado a ela.

Seu silêncio me disse tudo o que eu precisava saber. Pensei em perguntar se ele tinha ouvido falar que ela havia sido assassinada, mas não tinha certeza do quanto podia confiar nele. O que mais ele estava encobrindo e para quem estava encobrindo?

— Tenho que ir, mas se houver algo mais que possa me oferecer, por favor, me ligue de volta.

— Eu ligarei, e diga ao seu pai que mandei um alô.

— Vou fazer isso.

Desliguei o celular sem esperar para ver se ele responderia. Será que ele estava insinuando que meu pai sabia mais do que estava deixando transparecer?

Quando cheguei ao meu apartamento, estacionei o carro e entrei no saguão do prédio. A raiva irradiava de mim. Não era necessariamente por causa do meu pai, mas ter que esperar pelo baile de gala das Indústrias Cross em vez de lidar com isso agora estava me levando a querer cometer outro assassinato.

— Senhor?

Eu me virei para olhar para o Oscar quando ele se aproximou de mim. Não fiquei surpreso quando vi o que ele tinha em mãos.

Um envelope preto.

Não era preciso muito para saber o que havia dentro dele, mas ainda assim esperei até chegar ao meu apartamento para abri-lo.

> *Caro Nash,*
>
> *Chegou a hora de você se juntar a nós para um teste de seus conhecimentos. Venha preparado, mas espere o inesperado.*
>
> *Atenciosamente,*
>
> *Tomas*
>
> *Presidente dos Chevaliers, Universidade de Brentson*

Li a carta novamente duas vezes para tentar entender como me sentia a respeito dela. Nos últimos anos, estava trabalhando para ser um dos candidatos à presidência dos Chevaliers da Universidade de Brentson. No momento, porém, não estava nem aí para as tarefas que precisava concluir. A única coisa que importava era fazer justiça por Raven da maneira que eu considerasse adequada.

Foi a primeira vez em minha vida que as atividades com as quais achava que me importava mais foram colocadas em segundo plano. E eu não tinha certeza de como me sentiria em relação a isso.

Mas eu não podia desistir. Precisava manter o foco porque estava quase na linha de chegada.

Embora as coisas não tivessem funcionado da maneira que esperava, eu tinha a capacidade de mudar o curso, pelo menos para mim. Era hora de fazer isso sem me preocupar com as consequências que adviriam de minhas ações.

CAPÍTULO 14
RAVEN

Eu andava de um lado para o outro na sala de estar deste apartamento enquanto o nervosismo superava o resto de minhas emoções. Foram dias longos e a maior parte deles foi gasta pensando na minha mãe, no meu doador de esperma e se queria ou não fazer parte do que, sem dúvida, seria um espetáculo na festa de gala das Indústrias Cross. Embora tivesse o que achava que seria minha resposta agora, não ter nenhuma garantia de ninguém ou de qualquer outra coisa em minha vida era um incômodo.

Eu realmente achava que estava tomando a decisão certa. Embora fossem poucas as opções que tinha para escolher, não conseguia contar o número de vezes que pensei ter chegado a uma solução, apenas para voltar atrás e me forçar a questionar se eu estava certa ou não. Eu tinha certeza de que ficar presa aqui sozinha, além das poucas vezes em que Kingston passava por aqui, tinha prejudicado minha tomada de decisões. O isolamento me deu a oportunidade de refletir várias vezes. Para o bem e para o mal.

Bateram em minha porta da frente pouco antes de Kingston entrar. Eu estava esperando sua chegada, parei de andar e o observei entrar na suíte.

— Está tudo bem?

Acenei com a cabeça.

— Sim, está tudo bem. Só estou perdida em meus pensamentos.

— Já chegou a alguma conclusão?

Deixei a pergunta rolar em minha cabeça, imaginando se agora finalmente teria coragem de lhe dar uma resposta. Certamente era mais difícil do que eu havia previsto.

Puxei o moletom que estava vestindo antes de olhar nos olhos de Kingston.

— Acredito que sim.

— Diga-me.

— Eu participarei do baile de gala.

— E apresentaremos você aos nossos convidados quando fizermos as apresentações?

Assenti com a cabeça. Meus nervos ainda estavam à flor da pele com o fato de tudo isso estar acontecendo, mas não havia nada que pudesse fazer a respeito disso agora.

— Mas, primeiro, você precisa conhecer o resto da família Cross. Você estará pronta em uma hora?

— E-Espere, o quê? — Meu estômago caiu. Eu não estava esperando sair do apartamento hoje.

— Você estará pronta para ir em uma hora?

Se eu já não estava uma pilha de nervos antes, com certeza estava agora.

— Esse não é o tipo de coisa que se deve fazer com alguém.

— Eu não precisaria fazer isso se soubesse que essa seria a decisão que você tomaria.

— Você não achou que eu escolheria tornar pública minha ligação com a família Cross?

— Não. E não tenho certeza se eu teria feito a mesma escolha.

Coloquei uma mecha de cabelo atrás da orelha.

— Mas não tenho os meios para sair dessa situação tão facilmente quanto você. Somos pessoas muito diferentes, Kingston.

— Isso é verdade. E isso não significa que você não esteja fazendo a melhor escolha. Mas não é algo que eu teria feito.

Eu entendi o que ele estava dizendo, mas me abrir dessa forma poderia levar ao caminho de encontrar o meu felizes para sempre. Se isso fizesse com que quem quer que estivesse encarregado de ordenar meu sequestro e quisesse me prejudicar, me deixasse em paz para sempre porque eu era um membro da família Cross ou fosse encontrado, então estava totalmente a favor.

Eu poderia ter a vida que estava tentando reconstruir desde que voltei para cá. Eu poderia ficar na Universidade de Brentson e terminar meu curso de graduação. Isso significava que ainda poderia sair com Izzy, Lila e Erika. Isso significava que poderia ver Nash novamente.

Eu não tinha dúvidas de que, depois de algumas explicações, poderia voltar a cair nas graças da minha melhor amiga e colega de quarto. Mas sabia que, com relação a Nash, as coisas eram muito mais complicadas. Embora não tivesse feito nada de errado, sabia que me ver novamente depois da noite traumática da explosão do carro seria muito difícil. Precisávamos conversar sobre tantas coisas fora da explosão do carro que, de certa forma, era apenas a cereja do bolo de toda a merda fodida que nosso relacionamento havia sofrido.

Eu nem sabia se estávamos em um relacionamento na época do incidente. Começou a parecer o início de algo, mas eu não tinha certeza do que ele estava pensando sobre o assunto. Pensei em perguntar mais sobre como ele estava se sentindo e então tudo isso aconteceu.

Ouvi o que parecia ser um aparelho vibrando e Kingston confirmou tirando o celular do bolso. Juro por tudo que tenho que esse homem recebeu mais ligações ou mensagens de texto do que eu recebi no ensino médio.

— Huh. Isso é interessante.

— O que é?

— Parece que Nash está perguntando por Damien. Damien acabou de me dizer que recebeu mensagens de texto de Van e Nash e uma ligação do último.

— O que ele quer com Damien?

— Bem, ele não pode entrar em contato comigo, pode?

Esse foi um bom argumento. Se Kingston e eu tivéssemos realmente morrido no acidente de carro, entrar em contato com um membro da família Cross era provavelmente o próximo passo lógico, dependendo do que Nash esperava conseguir.

Parei por um minuto para pensar.

— Damien é seu primo?

Kingston assentiu com a cabeça.

— Nosso primo.

A expressão em seu rosto era mais de provocação do que qualquer outra coisa e tinha que dizer que isso me pegou de surpresa. Eu tinha acabado de conhecer Kingston, mas o máximo que tinha visto dele sorrindo ou brincando tinha sido um ou dois sorrisos de passagem. Sua personalidade parecia mais estoica por natureza, e parecia que ele só falava ou se comunicava quando era absolutamente necessário.

— E ele estará na reunião de família hoje.

— Correto.

Isso foi bom. Talvez, quando nos encontrássemos, ele tivesse mais informações sobre Nash.

— Sim, não tenho problema em ir hoje. Posso me arrumar bem rápido. Existe alguma maneira específica de me vestir?

Kingston deu de ombros antes de se sentar na poltrona em frente ao sofá.

É claro que ele preferiu não ser mais útil nesse assunto. Deixei Kingston onde ele estava sentado e entrei no quarto. Fui até o armário e observei as roupas que Kingston havia mandado entregar no apartamento dias atrás para que tivesse um guarda-roupa como opção. Não demorou muito para eu montar um look. Escolhi uma blusa branca sob um blazer preto, jeans skinny pretos e botas pretas.

Depois de prender meu cabelo em um coque baixo, verifiquei a hora. Eu estava pronta por volta da hora em que Kingston queria que saíssemos. Quando entrei na sala de estar, encontrei Kingston perto do sofá com um moletom preto em vez do paletó preto que ele estava usando antes.

Kingston se inclinou para pegar algo e disse:

— Quero que você use isso. Deixe o capuz para cima até entrarmos no SUV lá embaixo.

Olhei para o moletom preto em sua mão antes de voltar a olhar para ele. Fiquei um pouco confusa, mas não discuti. Coloquei o moletom, que cobria todo o meu cabelo e a maior parte do meu rosto. Peguei minha bolsa e Kingston me levou até a porta.

Nós nos despedimos do guarda à minha porta e entramos no elevador. Eu não disse nada quando Kingston apertou o botão no painel do elevador que nos levaria à garagem. A cada andar que passávamos, parecia que meu estômago estava afundando mais em meu corpo. Meu nervosismo se recusava a ser contido, embora tentasse ao máximo não demonstrar isso. Ainda nem havíamos saído do prédio em que eu estava hospedada e já me perguntava se não teria um ataque de pânico.

— Assim que o elevador chegar à garagem, você vai me seguir e nós vamos caminhar em direção a um SUV preto. Sem olhar para trás, sem pensar em nada além de entrar no veículo. Certifique-se de que o capuz não caia de sua cabeça. Entendeu?

Acenei com a cabeça.

— Isso significa que não preciso me preocupar com a possibilidade de o veículo explodir?

O lábio de Kingston se contraiu. Era um humor duvidoso de minha parte, mas não pude deixar de dizer isso. Se não conseguisse rir dessa situação, poderia muito bem me enrolar em uma bola e chorar por toda a eternidade. E, para ser sincera, tive vontade de fazer as duas coisas durante toda a minha estadia nesse belo apartamento no céu.

Quando chegamos à garagem, havia um SUV parado do lado de fora do pequeno corredor. Segui o exemplo de Kingston e, quando ele abriu a porta traseira do SUV, entrei.

Finalmente ficou claro porque estávamos operando da maneira que estávamos, e culpei o estresse e os meus nervos por ter demorado tanto. Essa era uma maneira de manter em segredo o fato de que eu ainda estava viva e, como Kingston também deveria ter morrido naquela noite, fazia sentido que ele também estivesse tentando permanecer incógnito. Isso quase parecia uma missão de operações secretas e, se não fosse literalmente de vida ou morte, teria sido muito legal.

Os vidros escurecidos do utilitário esportivo nos deram a cobertura de que precisávamos e, assim que o veículo saiu do lugar, baixei o capuz e dei um suspiro de alívio. A primeira etapa havia terminado.

— Bem, isso aumentou a adrenalina, mas você poderia ter me dito que precisávamos fazer tudo isso para ir a essa reunião.

— Pensei que você imaginaria que estaríamos fazendo algo assim para manter a discrição.

Olhei para ele com o canto do olho e, quando ele não me reconheceu, balancei a cabeça. Toda essa situação era alucinante e havia uma coisa que precisava acrescentar à minha lista de coisas pelas quais estava ansiosa para quando tudo isso acabasse: ver como meu relacionamento com meu meio-irmão mudaria quando toda essa merda ficasse para trás.

CAPÍTULO 15

RAVEN

A viagem até o local onde encontraríamos o restante da família Cross não foi longa e logo observei o motorista entrar em outra garagem.

— Presumo que você queira que eu coloque o capuz de volta?

Kingston não disse nada, mas assentiu com a cabeça. Eu me preparei para fazer a mesma coisa que havia feito quando entrei no SUV. Estava nervosa no elevador ao sair do apartamento em que estava hospedada, mas o estresse havia aumentado significativamente agora. Eu não sabia no que estava me metendo além de conhecer um grupo de estranhos ricos que tinham o mundo inteiro na ponta dos dedos. O fato de eles quererem se encontrar era algo que não compreendia.

Depois de passar muito tempo pensando em como seria o baile de gala, fiquei surpresa com o fato de Kingston e o restante da família Cross quererem me apresentar como uma deles. Eu sabia que era a estranha aqui, e o fato de eles estarem dispostos a permitir que as pessoas soubessem que eu era parte da família foi, de certa forma, reconfortante, mas ainda assim me perguntei o que eles queriam para me incluir tão abertamente.

Alguém já estava lá com o elevador esperando por nós quando entramos no vestíbulo. Isso nos proporcionou uma experiência ainda mais tranquila para chegarmos ao andar para o qual precisávamos ir. A viagem até o nosso andar foi anticlimática e logo me vi sendo levada para uma sala de conferências que já estava ocupada. Todos os olhares se voltaram para mim, e fiquei completamente intimidada.

Com uma respiração profunda, tentei não demonstrar que minhas entranhas pareciam estar pegando fogo enquanto tentava descobrir como isso poderia acontecer. Pelo canto do olho, vi Kingston tirando o capuz e segui o exemplo. Quase optei por me vestir melhor, mas o blazer que escolhi para usar por baixo do capuz foi, sem dúvida, a escolha certa nesse mar de ternos. Havia um homem mais velho, com cabelos grisalhos nas têmporas, sentado na cabeceira da mesa de reuniões, e ele parecia estranhamente familiar. À sua direita, havia um homem que claramente o imitava, pois eu podia ver facilmente a semelhança familiar entre os dois. Em frente a ele, havia dois outros homens que pareciam ser gêmeos. Eu deveria ter feito alguma pesquisa antes de virmos para cá, mas qualquer tentativa de ser esperta nessa reunião foi por água abaixo.

O homem mais velho veio até mim primeiro e estendeu a mão.

— Oi, Raven. Sou Martin Cross e seja bem-vinda às Indústrias Cross.

— Obrigada. — Seus olhos ficaram em mim por mais tempo do que eu esperava, e estava começando a me sentir desconfortável.

— Desculpe-me. Você tem os olhos do meu irmão, e é estranho poder vê-los novamente.

Era isso mesmo. O nome de Martin havia sido mencionado em um dos artigos e fotos que eu havia examinado na pasta que Kingston me deu. Por falar em Kingston, ele nunca havia mencionado que eu tinha os olhos de Neil. Olhei para ele e o encontrei olhando para mim e me perguntei se ele havia pensado a mesma coisa quando me encontrou pela primeira vez.

Martin deu um passo para trás para permitir que o próximo homem viesse até mim e apertasse minha mão.

—Damien Cross. Sou o filho mais velho do meu pai. Prazer em conhecê-la.

Fiquei paralisada por um segundo antes de apertar a sua mão. Eu precisava encontrar uma maneira de falar com ele sobre Nash.

— É um prazer conhecê-lo também.

Antes que eu pudesse tentar continuar a conversa com ele, os outros dois homens na sala se aproximaram com pequenos sorrisos no rosto. Eles pareciam ser mais amigáveis do que Damien.

— Eu sou Broderick e este é Gage.

— Vocês são gêmeos — respondi, e imediatamente me senti boba por dizer o óbvio.

— Isso é verdade — disse Gage. Seu sorriso era presunçoso e a energia deles me deixou um pouco mais à vontade.

— Vamos nos sentar e começar essa reunião — disse Martin.

Meus olhos se arregalaram e Martin percebeu.

— Confie em mim, esta não é uma reunião formal, é mais um tipo de reunião para nos conhecermos, mas há pelo menos um assunto que precisamos discutir.

Respirei fundo e fui até a cadeira ao lado da que Kingston havia escolhido. Ele era o que eu conhecia melhor de todos aqui e isso me dava uma pequena sensação de conforto, embora mal o conhecesse. Cruzei as mãos à minha frente e esperei que alguém dissesse alguma coisa para que pudéssemos começar a reunião.

Martin limpou a garganta e disse:

— Mais uma vez, bem-vinda às Indústrias Cross. Estamos muito felizes por tê-la aqui e, se tiver alguma dúvida sobre qualquer coisa que eu disser, pergunte.

Assenti com a cabeça, sem confiar em minha voz.

— Nós atuamos em vários setores diferentes em todo o mundo. De imóveis a energia renovável e investimentos em startups. Se houver uma empresa em que você possa pensar, as Indústrias Cross provavelmente estão ligadas a ela de alguma forma.

Limpei a garganta, pois parecia que de repente haviam surgido teias de aranha nela.

— Já ouvi falar das Indústrias Cross. Só não sabia que estava... relacionada a ela.

— Você é mais do que apenas relacionada a ela. Isso também fará parte do seu legado se você optar por seguir esse caminho.

A confusão embaralhou minha mente. Inclinei-me ligeiramente para frente em minha cadeira.

— O que você quer dizer com isso?

— Por ser filha de Neil, você terá acesso a tudo o que nosso dinheiro e alcance podem lhe oferecer. Você é descendente de Virgil Cross e merece ter uma parte do legado dele tanto quanto Kingston e meus filhos.

Lambi meus lábios nervosamente.

— Você não pode estar falando sério. — Olhei para Kingston antes de voltar a olhar para Martin. — Isso é uma piada?

Se todos os olhares não estavam voltados para mim antes, agora estavam. Martin olhou para mim com curiosidade.

— Eu não brincaria com algo assim. Você tem nosso sangue correndo em suas veias e não seria certo reter algo que é essencialmente uma parte de seu direito de nascença. Eles — ele fez um gesto para seus filhos e para Kingston — todos tiveram os benefícios e privilégios decorrentes do sobrenome Cross. Quero oferecer isso a você também.

Puta. Merda.

Respirei fundo mais uma vez e tentei manter a compostura. Não conseguia processar o que ele estava dizendo. Parecia que ele estava falando em uma língua estrangeira que nunca tinha ouvido antes, porque não havia absolutamente nenhuma possibilidade de ele estar dizendo o que eu achava que estava dizendo.

— Vamos preencher toda a papelada para que você possa abrir sua própria conta bancária e garantir que todas as despesas e dívidas que você tiver sejam pagas. Você será, no mínimo, uma multimilionária por direito e nunca mais terá falta de dinheiro. — Martin se aproximou e colocou a mão sobre a minha. — Raven, Neil não agiu bem com você e nada do que eu possa fazer agora vai consertar isso. Mas se puder tornar as coisas mais fáceis agora e no futuro, seria uma honra se você me permitir.

As emoções que estavam borbulhando abaixo da superfície explodiram em mim como um vulcão. Qualquer esperança que tinha de me manter calma foi por água abaixo. Desabei em lágrimas e nada que pudesse fazer as impediria de fluir. Movi minhas mãos e as coloquei sobre minha boca. Eu tinha certeza de que essa era a única maneira de mantê-la fechada naquele momento.

Kingston se aproximou, pegou a caixa de lenços e a entregou para mim. Agradeci a ele em meio às minhas lágrimas e deixei minhas emoções correrem soltas. Senti Kingston me dar um tapinha nas costas. Apreciei o gesto, embora tivesse certeza de que ele se sentia constrangido em me consolar. Eu havia voltado para Nova York e quase não tinha nenhuma ligação com a cidade, muito menos familiar, e agora tinha um meio-irmão, um tio e primos. *Que vida é essa?*

Todas as preocupações que minha mãe tinha com dinheiro quando eu estava crescendo se transformaram em preocupações que passei a ter quando aprendi a navegar pelo mundo sem ela. E agora não teria que lutar ou me preocupar com dinheiro nunca mais, se Martin estivesse dizendo a verdade. Seria preciso muito tempo para me acostumar, isso era certo.

Demorou mais do que deveria para me acalmar o suficiente para formar um pensamento coerente. Peguei outro lenço de papel e limpei meu rosto. No início, tentei me lembrar da maquiagem leve que havia colocado antes de sairmos do apartamento, mas as lágrimas continuaram a cair, tornando isso inútil. Eu estava me arrependendo da maquiagem agora.

Respirei fundo várias vezes em uma tentativa de me recompor ainda mais. Tentei me abanar para secar as lágrimas em meu rosto e para desacelerar meu coração. Era estranho ter todos ainda me observando enquanto me esforçava para não entrar em pânico. Pelo menos não senti um ataque de pânico se aproximando, embora não ficasse surpresa se acontecesse um depois que meu corpo saísse desse frenesi.

Quando finalmente parei de chorar o suficiente para poder falar, disse:

— Não sei o que dizer. Agradecer a você? Isso parece simples demais.

— Às vezes, as palavras mais simples são as mais poderosas. De nada. Mudando um pouco de assunto, você tem tudo o que precisa para o baile de gala?

Compartilhei um olhar com Kingston.

— Na verdade, não tenho nada. Não decidi que iria até umas duas horas atrás.

Damien me estudou por um momento antes de sacar seu celular. Eu provavelmente já havia consumido bastante do tempo deles com minha explosão emocional e minhas lágrimas.

— Minha mãe provavelmente pode ajudá-la — ofereceu Broderick.

— Ou então a Grace poderia ajudar — rebateu Gage.

Broderick olhou para Gage do outro lado da mesa, e vi Kingston balançar a cabeça com o canto do olho. Não pude lutar contra o sorriso que queria aparecer em meus lábios.

— Broderick, Gage. — A advertência na voz de Martin me fez pensar que essa era uma ocorrência comum entre os dois e não fiquei surpresa. — Vamos conversar com nossas parceiras e ver se elas querem fazer isso. Também não faria mal para você conhecê-las antes do baile de gala.

Ele estava certo. Além disso, seria bom poder conversar e se relacionar com alguém que não tivesse nascido na família Cross, mas que tivesse entrado nela como um estranho.

— Merda.

A atenção de todos foi atraída para Damien. Ele estava colocando o celular de volta no bolso quando meus olhos pousaram nele.

— Preciso cuidar de uma coisa — disse Damien ao se levantar da mesa. — Foi um prazer conhecê-la, Raven, e nos vemos no baile de gala.

Com isso, ele saiu da sala. Percebi que não tinha tido a oportunidade de perguntar a ele sobre o fato de Nash ter entrado em contato com ele.

Que droga.

Não me dei ao trabalho de me repreender por muito tempo, porque realmente não podia ser culpada por reagir da maneira que reagi e esquecer uma das coisas que pretendia fazer depois da fantástica notícia que recebi. Voltei minha atenção para as demais pessoas na sala.

— Este foi um dia muito agitado, tenho certeza — disse Martin ao se levantar também. — O trabalho está chamando e todos nós precisamos voltar a ele. Trabalharemos em conjunto com Kingston para garantir que você esteja adequadamente preparada para o baile de gala. Não há nada com que você tenha que se preocupar, exceto aparecer.

— Estou ansiosa por isso. — Sorri para Martin e me levantei.

Broderick, Gage e Kingston o seguiram e fomos todos em direção à porta. Kingston ficou atrás de mim enquanto Broderick e Gage apertavam minha mão e Martin fez uma pausa antes de estender a mão.

— Conheci sua mãe quando ela trabalhava nas Indústrias Cross. Sei que ela ficaria feliz com a mulher que você se tornou.

Em vez de ir às lágrimas novamente, dessa vez, me contive. Apertei sua mão também e observei quando ele saiu da sala.

Virei-me e olhei para o meu meio-irmão. Antes que pudesse me conter, dei um leve soco em seu ombro. O movimento me chocou, mas ele não demonstrou nenhuma reação que indicasse que estava surpreso com o que eu havia feito.

— Você poderia ter me avisado que o Martin ia fazer isso.

— Eu não sabia que ele ia fazer isso.

Eu dei um olhar atravessado.

— Sério? Ele não lhe disse que nada disso ia acontecer.

— Não.

— Isso te incomoda?

Kingston cruzou os braços sobre o peito.

— O que me chateia? O fato de meu tio estar recebendo você na família e lhe dando o dinheiro que você teria recebido na mesma idade em que todos nós recebemos o nosso?

Quando ele colocou a questão dessa forma, pareceu-me tolo o fato de eu ter tido essa insegurança. Hesitei até mesmo em acenar com a cabeça.

— Estou feliz que tudo isso tenha dado certo e que você esteja recebendo o que é seu por direito.

Peguei minha bolsa enquanto Kingston pegava os moletons. Quando estávamos ambos vestidos e com o capuz sobre nossas cabeças, Kingston me conduziu para fora da sala de conferências, desceu o elevador e entrou em nosso SUV que estava esperando.

— Estamos voltando para o apartamento?

— Sim. Presumo que terei informações sobre os arranjos que precisam ser feitos para garantir que você esteja pronta para ir ao baile de gala quando chegarmos. Prepare-se, pois os próximos dias provavelmente serão muito ocupados e intensos. Mas você não precisa se preocupar com nada. Eu prometo.

Mas havia uma coisa em que ele e Martin estavam errados. Eu tinha tudo com o que me preocupar quando se tratava desse baile de gala, porque não tinha ideia de onde estava me metendo.

CAPÍTULO 16
NASH

Arrumei minha gravata borboleta no espelho uma última vez, dando outra olhada em mim mesmo, da cabeça aos pés. Tive de admitir que me arrumei bem e o hematoma na testa continuava a desaparecer até ficar quase imperceptível. No entanto, não queria correr o risco de que as pessoas o vissem, então arrumei meu cabelo de forma a esconder o hematoma antes de sair do banheiro da suíte do hotel.

— Você está pronto? — perguntei a Easton, que estava na suíte com um copo de água em uma mão e a outra no bolso. Estávamos prontos um pouco mais cedo do que imaginávamos, pois iríamos nos encontrar com a minha família antes do baile de gala.

Van Henson não deixaria a oportunidade para exibir sua família passar batido e queria que chegássemos todos juntos. Isso daria uma ótima imagem e seriam tiradas muitas fotos que estariam em toda a internet no dia seguinte. Ele estava determinado a se mostrar bem para sua campanha, e esse era o momento perfeito para isso.

O assistente do meu pai reservou uma suíte de um hotel chique em Nova York para mim e para Easton, para evitar que ficássemos todos no apartamento da família na cidade. Bianca optou por ficar com meus pais, afinal elas estarem no mesmo local facilitaria para a equipe que minha mãe contratou estar à disposição para ajudar as duas a se arrumarem para a noite. Nós nos encontraríamos com eles em alguns minutos.

Easton puxou o colarinho. Quando ele continuou a ajustá-lo, percebi que era mais uma questão de nervosismo do que o fato do colarinho o deixar fisicamente desconfortável. Ele limpou a garganta e disse:

— Estou pronto para ir.

— Está tudo bem com o smoking?

— Sim. Só estou me perguntando por que concordei em ir a essa coisa. Não sou o maior fã de tudo isso.

— Você provavelmente precisa se acostumar com isso. Tenho certeza de que usará muitos ternos e smokings no seu futuro.

Easton revirou os olhos, mas sabia que eu estava dizendo a verdade. Sua família estava envolvida com transporte, entre outros negócios, e foi assim que nos conhecemos. Pouco antes do início do primeiro ano, nossas famílias jantaram juntas e, quando me dei conta, éramos melhores amigos.

— Esta é uma oportunidade para você conhecer mais Chevaliers, se é isso que ainda lhe interessa.

— Sim, ainda me interessa.

Se Easton causasse uma boa impressão em alguns dos Chevaliers mais velhos, isso facilitaria muito o lado dele caso decidisse que queria ser considerado como candidato. Ele ainda precisaria passar por todos os rituais e tarefas para provar seu valor, mas ter alguns dos homens mais poderosos do mundo ao seu lado não era uma má ideia.

— Certo. Enquanto estivermos lá, indicarei quem eu sei que são de fato membros, mas pode haver alguns que talvez eu não conheça. Apenas mantenha-se sempre atento e não terá nada com que se preocupar.

Easton acenou com a cabeça.

— Entendi.

Saímos do quarto do hotel e caminhamos pelo saguão. O porteiro nos chamou um táxi e logo estávamos a caminho do apartamento dos meus pais.

Easton não se incomodou em falar comigo, preferindo se concentrar no que estava em seu celular. Meus pensamentos se voltaram para o que eu precisava fazer em seguida.

Ainda faltavam alguns dias para a minha última tarefa nos testes para presidente dos Chevaliers, mas não tinha começado a trabalhar em nada relacionado a ela. Eu deveria estar me preparando porque precisava provar que era digno, mas não conseguia reunir a capacidade de me preocupar com isso. Tornar-me presidente da seção da Universidade de Brentson era minha meta há muito tempo e agora era como se tivessem me dito que isso não significava nada além de um troféu de participação.

Em vez disso, estava passando a maior parte do tempo me preparando para ficar cara a cara com Damien Cross. Eu precisava dizer o que queria rapidamente porque haveria muitas pessoas no evento, todas disputando a atenção dele.

Passei a mão no cabelo enquanto olhava pela janela e percebi que estávamos a uma quadra do prédio dos meus pais. Além de Easton precisar manter a calma em uma sala com um grupo de Chevaliers, eu precisava controlar minhas emoções perto do meu pai. Isso era especialmente importante, se ele soubesse mais do que estava deixando transparecer sobre Raven e o motivo pelo qual ela havia sido atraída de volta à cidade.

Em pouco tempo, estávamos em frente à porta do apartamento dos meus pais. Antes que pudesse colocar minha chave na fechadura, a porta se abriu, e lá estava alguém que eu nunca tinha visto antes. Dizer que estava surpreso com o que havia testemunhado era um eufemismo.

A melhor maneira de descrever o que estava acontecendo era um caos organizado. Em primeiro lugar, fiquei chocado com o grande número de pessoas que estavam no espaço. O que eu achava que seria apenas um maquiador e um estilista no apartamento se transformou em um cabeleireiro, um técnico de unhas, um maquiador e algumas outras pessoas cujas funções nem sabia ao certo quais eram. Isso sem contar a assistente de meu pai, Kali.

A quantidade de preparativos para esta noite era uma indicação clara da importância que meus pais davam a esse baile de gala.

Entramos no apartamento e fechei a porta atrás de Easton.

— Deixe-me dar uma olhada nesses smokings — disse a mulher que abriu a porta.

Presumi que ela fazia parte da equipe de design de moda.

A estilista estudou o paletó do smoking de Easton antes de se abaixar para dar uma olhada na bainha da calça dele. Bianca escolheu esse momento para entrar na sala e observei enquanto ela olhava para Easton, enquanto ele olhava para a mulher a seus pés, antes de olhar de volta para minha irmã com um sorriso presunçoso.

Ela se virou para me olhar e disse:

— Vejo que você ainda o trouxe aqui.

— É maravilhoso ver você também, Bianca.

Bianca revirou os olhos e, quando estava prestes a abrir a boca, minha mãe se aproximou e interrompeu.

— Vocês dois podem se acalmar por hoje? Boa noite, Easton.

Minha mãe parecia completamente pronta para o baile de gala, ao contrário de minha irmã, que ainda precisava trocar de roupa, no mínimo. Bianca girou em seu calcanhar e saiu do cômodo. Presumi que ela estava indo vestir seu vestido.

— Olá, Sra. Henson.

Dessa vez, foi a minha vez de revirar os olhos, porque podia ver pela expressão facial de Easton e pela maneira como ele a cumprimentou, que estava sendo simpático com a minha mãe. Ele sabia o quanto ela gostava dele e adorava usar isso a seu favor para poder esfregar na minha cara.

A estilista sentou-se sobre os calcanhares antes de se levantar e examinar minhas roupas.

Suspirei.

— Será que podemos passar esta noite sem nos matarmos?

— Eu concordo — disse meu pai ao entrar na sala.

Ele estava usando um smoking que combinava com o meu e nenhum fio de cabelo de sua cabeça estava fora do lugar. Parecia o papel de um político confiante que estava pronto para fazer um bate-papo a noite toda.

Nós quatro conversamos um pouco e fizemos o possível para não irritar uns aos outros enquanto esperávamos Bianca. Houve algumas pausas incômodas enquanto conversávamos que me fizeram implorar mentalmente para que minha irmã saísse e acabasse com o nosso sofrimento. Quando ela finalmente voltou para a sala de estar com seu vestido vermelho-escuro, ela girou, o mostrando em movimento.

Minha mãe ficou ofegante.

— Você está maravilhosa, querida.

— Você está linda — disse nosso pai e se aproximou para lhe dar um beijo no rosto.

Não tive tempo de me perguntar se ele estava praticando seus elogios falsos para esta noite ou se realmente estava falando sério.

Olhei para Easton com o canto do olho e o vi olhando para Bianca. Mal consegui me controlar para não o empurrar antes de sussurrar:

— Cuidado, filho da puta.

Não sei o que aconteceu com Easton, pois o fato de ele estar olhando para Bianca com tanta intensidade era novidade. Ele, no entanto, deu atenção ao meu aviso e desviou o olhar.

Kali bateu palmas uma vez e disse:

— Parece que estamos todos prontos para ir.

Não me dei conta de quanto tempo estava esperando que alguém dissesse essas palavras. Todos pegaram o que precisavam e fomos para o Hotel Olympus.

— Eu esperava que fosse chique, mas não pensei que fosse tão chique — ouvi Bianca murmurar ao meu lado.

Tínhamos acabado de chegar ao Hotel Olympus e tudo o que Bianca havia dito, eu também estava pensando. Era óbvio que as Indústrias Cross sabiam como organizar uma festa, porque isso era uma perfeição absoluta. Eu sabia que meus pais não tinham poupado despesas ao organizar a festa mais recente em sua casa, mas essa estava em um nível totalmente diferente.

Os melhores vinhos e champanhes, além de aperitivos, incluindo caviar e ostras. Minha mãe lançou um olhar para Bianca quando ela olhou para uma bandeja de bebidas que um garçom segurava enquanto tentava fazer seu trabalho.

Eu me inclinei e sussurrei em seu ouvido:

— Vamos nos comportar bem esta noite, porque quem sabe quem está olhando, lembra?

Ela se inclinou para perto de mim e disse:

— Eu sei, mas tomar um drinque me ajudaria a ficar mais tranquila com essa besteira.

Bufei e olhei ao redor do cômodo enorme. Ainda estávamos de pé perto do fundo da sala, mas na frente havia mesas preparadas para nos sentarmos e um palco com um pódio. Era óbvio que, no mínimo, iríamos ouvir discursos e apresentações em algum momento.

Olhei para o cartão de lugar com meu nome antes de colocá-lo no bolso. Estávamos na mesa número três, então presumi que estaríamos sentados em algum lugar perto do palco.

Ainda não tinha visto Damien, mas me lembrei de que precisava ser paciente. Eu simplesmente não conseguia acreditar que eles estavam indo em frente com esse evento depois de terem perdido um dos seus. O que eles estavam escondendo?

— Sabe, estou surpreso que eles não tenham um hotel onde poderiam ter realizado o evento.

— Não dê a eles nenhuma ideia.

Foi a vez de Bianca rir e quando Easton começou a rir com ela, ela o encarou.

Balancei a cabeça e vi meu pai do outro lado da sala. Meu pai entrou imediatamente em uma conversa com várias pessoas e as fez rir de qualquer história que estava contando. Ele e eu podíamos não concordar em muita coisa, mas eu tinha de admitir que, quando se tratava de fazer contatos e convencer as pessoas de que ele era a pessoa certa para qualquer coisa, ele fazia isso com perfeição.

Minha mãe fazia questão de tocar gentilmente meu pai e ele, em resposta, colocava a mão na parte inferior das costas dela, mostrando às pessoas com quem estavam conversando que eles estavam em sintonia um com o outro e que eram uma unidade estável. Mais uma vez, isso mostrou que talvez você queira votar no meu pai porque ele tinha a família perfeita por excelência. Pelo menos, na superfície, parecia ser assim.

— Nash.

Virei-me para encarar um homem que tinha mais ou menos a idade do meu pai. Ele parecia familiar, mas não consegui reconhecê-lo.

— Eu não o vejo desde que você era um garotinho.

Ele puxou a mim, Easton e Bianca para uma conversa que durou mais do que o planejado. Fiquei feliz quando ele finalmente me entregou seu cartão de visitas e apertou minha mão.

— Diga ao seu pai que eu o encontrarei mais tarde.

— Posso fazer isso. Espero que você se divirta esta noite.

— O mesmo para você.

Quando ele finalmente se afastou, dei uma olhada no cartão antes de colocá-lo no bolso e me virei para Easton e Bianca.

— Eu não tinha ideia de quem ele era antes de ele me entregar o cartão de visita.

— Bom trabalho em fingir, então — disse Bianca. Ela olhou para o Easton antes de se colocar do meu outro lado, longe dele.

Easton não ligou para o que ela fez, mas disse:

— Não vejo nenhum membro da família Cross aqui.

Eu havia informado Easton sobre o que havia aprendido desde que ele ficou comigo em meu apartamento após a explosão, enquanto nos preparávamos para o baile de gala. Ele sabia que eu estava à procura de Damien, e era estranho que eles ainda não tivessem aparecido para cumprimentar seus convidados.

— Sim, eu não sei o que está acontecendo lá.

Como se tivessem me ouvido, alguém subiu ao palco na frente da sala e disse:

— Gostaria que todos se sentassem. Obrigado.

A maioria do público fez o que foi pedido e se dirigiu às suas mesas. Quando minha família e Easton chegaram à nossa mesa, imediatamente nos serviram mais bebidas e água e nos deram a opção de pedir o que queríamos comer.

Quando eu estava colocando meu cardápio de volta na mesa, meu pai se inclinou e disse:

— Elizabeth, olhe.

É claro que não foi só minha mãe que olhou quando meu pai disse isso. Eu me virei para ver a quem ele estava se referindo. Um homem que parecia ter uns trinta e poucos anos estava se aproximando da mesa ao nosso lado. Não era alguém que eu reconhecesse.

— É mesmo ele? — perguntou minha mãe e percebi uma ponta de hesitação em sua voz.

— É — respondeu meu pai.

— Quem é ele? — Eu poderia ter abraçado Bianca por fazer a pergunta que estava em minha mente.

— É Soren Grant. — A voz de minha mãe se arrastou como se isso devesse responder completamente à nossa pergunta.

O nome era vagamente familiar, mas eu não conseguia identificá-lo. Ele era um Chevalier? Se sim, ele não estava envolvido, pelo que me lembro.

— Quem é ele?

Meu pai decidiu responder a essa pergunta.

— Soren dirige a Grant Enterprises, principalmente de sua casa, cerca de cinco minutos ao norte de Brentson, embora eles tenham um escritório na cidade de Nova York. Ele raramente é visto em público, muito menos em um evento como este, portanto, deve ter havido um incentivo especial grande o suficiente para fazê-lo comparecer.

Isso despertou uma lembrança.

— Espere, Grant... ele é dono daquela velha mansão fora da cidade, certo?

— É essa mesmo.

Eu me lembrava de ter ouvido falar dela quando era criança. Todos nós pensávamos que o lugar era assombrado ou algo assim, porque raramente víamos alguém entrar e sair da casa. As histórias que costumávamos contar sobre aquele lugar, como resultado de nossa imaginação ativa, eram malucas, mas não ficaria surpreso se algumas delas fossem verdadeiras.

Observei quando ele se sentou em uma mesa que ainda não estava cheia de convidados. Presumi que aquela mesa, mais a que estava do outro lado dela, seria ocupada pela família Cross. Isso ia ser interessante.

Bianca e Easton estavam ao meu lado, brigando. Quando ela finalmente se irritou o suficiente com o assunto da conversa deles, inclinou-se para mim.

— Eu esperava que você estivesse mentindo sobre o Easton vir hoje à noite.

Estudei Bianca por um segundo antes de levantar uma sobrancelha.

— Qual é o problema de Easton vir conosco ao baile de gala da família Cross? Isso lhe dá mais uma pessoa para servir de amortecedor entre você e nossos pais.

— Poderia ter sido qualquer um, menos ele. Na verdade, por que você não trouxe a Raven?

Como um idiota, não esperava que alguém me perguntasse sobre ela. Então, tive que inventar um motivo na hora.

— Ela estava ocupada esta noite. Gostaria que ela pudesse ter vindo.

— Eu não a vejo no campus há alguns dias. Começamos a nos encontrar na cafeteria depois que assistimos ao seu jogo de futebol juntos.

Meu celular vibrou no meu bolso, eu o tirei e li a mensagem de texto.

> Número desconhecido: Tenha uma ótima noite. Você vai se divertir muito.

Bianca olhou para o meu celular.

— Quem era?

— Ninguém — eu respondi.

Olhei para cima e meus olhos pousaram em Landon, que estava do outro lado da sala. Ele parecia estar examinando ao redor e a raiva que achava que tinha sob controle começou a vir à tona.

Mesmo depois de encontrar aquele post-it em seu livro didático, não acreditava que o idiota teria coragem de aparecer aqui. Ele deve ser corajoso se teve a audácia de vir aqui e mostrar a cara.

Antes que pudesse me levantar para segui-lo, notei um homem de smoking preto atravessando o palco e indo até o microfone. Quando ele olhou para cima, eu o reconheci imediatamente.

Martin Cross, o patriarca da família Cross, estava no centro do palco.

Todos se acalmaram imediatamente e Martin deu um grande e brilhante sorriso.

— Boa noite a todos. Permitam-me ser o primeiro a lhes dar as boas-vindas oficiais à Gala das Indústrias Cross!

Em resposta à sua proclamação, ele recebeu uma enorme salva de palmas. Quando olhei para trás, para onde havia encontrado Landon, ele havia desaparecido.

Filho da puta.

— Agora quero dar as boas-vindas à minha família no palco. Primeiro, gostaria de dar as boas-vindas ao amor de minha vida. Sem ela, eu não estaria aqui, pois não teria como fazer o que faço. Selena Cross.

Martin se juntou ao resto dos convidados para aplaudi-la. Selena subiu ao palco, sorrindo e acenando para a multidão que claramente a adorava. Seu sorriso era contagiante, e me vi sorrindo de volta para ela.

— Em seguida, gostaria de apresentar meus filhos e suas parceiras. Por favor, deem as boas-vindas ao palco a Damien e Anais, Broderick e Grace, e Gage e Melissa.

Cada casal subiu no palco e acenou para a multidão, recebendo mais aplausos. Quando finalmente os aplausos diminuíram, esperamos que Martin continuasse.

— Gostaria de apresentar a vocês outro membro da minha família e, embora não sejamos pai e filho, ainda o vejo como tal. Este é meu sobrinho, Kingston, e sua parceira Ellie.

Que porra é essa? Isso é uma grande piada?

Quando vi Kingston aparecer, minha boca se abriu. Era impossível que estivesse vendo o que estava diante de mim.

Kingston está vivo?

Senti Easton me dar uma cotovelada no estômago. Sua reação me forçou a fechar a boca antes que qualquer outra pessoa na sala visse a expressão em meu rosto. A última coisa que queria fazer era explicar por que estava me sentindo assim.

As coisas começaram a se encaixar enquanto prendia a respiração. Observei enquanto Martin voltava sua atenção para o microfone e para os convidados na sala.

— Agora, como muitos de vocês sabem, há muitos outros Cross por aí, vivendo em todo o mundo. Mas recentemente descobrimos que há outra Cross por aí, uma que recebemos em nossa família de braços abertos. Por último, mas certamente não menos importante, minha sobrinha Raven.

Meu cérebro entrou em curto-circuito quando a próxima pessoa saiu, e encontrei olhos azuis cristalinos olhando para a multidão. Quando seus olhos encontraram os meus, eu os vi se arregalarem e sua boca formou um "O".

Ela estava tão surpresa por me ver quanto eu por vê-la.

CAPÍTULO 17
RAVEN

Respirei fundo antes de bater na porta da suíte da cobertura do Hotel Olympus. Sorri para o guarda que me acompanhou até a porta enquanto esperava que alguém me deixasse entrar no quarto.

O constrangimento que senti foi um eufemismo, mas depois de toda a merda pela qual passei, sabia que isso era temporário e que poderia passar por essa noite também.

Quando concordei em ir ao baile de gala das Indústrias Cross, não esperava que ele se transformasse no circo que se tornou. Fazia alguns dias desde a reunião com meu tio e meus primos, e agora era hora de me preparar para o grande evento. Eu tinha sido convidada por Selena, minha tia, para me arrumar na suíte com ela e algumas das outras pessoas importantes, e eu não mentiria e diria que não estava intimidada pra caramba. Eu só a havia conhecido ontem, quando ela e meu tio vieram jantar comigo e Kingston.

Ela foi muito gentil, e me senti imediatamente à vontade com ela, mesmo quando não queria. Era bom pelo menos conhecer uma pessoa na sala, mas, honestamente, uma grande parte de mim esperava que ninguém atendesse à minha batida para que eu pudesse fugir e me esconder no quarto de hotel que havia sido reservado para mim assim que confirmei a minha presença. Vários outros membros da família Cross também decidiram ficar no local para facilitar as coisas para eles. Decidi fazer o mesmo, porque os membros da equipe de segurança de Kingston estavam por todo o hotel e eu poderia dormir até mais tarde no dia seguinte e pedir serviço de quarto.

Quando a porta se abriu, Selena imediatamente me cumprimentou com um abraço caloroso. Eu não tinha percebido o quanto gostava de abraços até que ela me abraçou como se eu fosse um de seus filhos.

— Entre. Estamos apenas começando. Você gostaria de beber ou comer alguma coisa? Pedimos serviço de quarto suficiente para alimentar um exército.

Ela não estava brincando. Havia comida suficiente para alimentar todos os presentes nesta sala e, provavelmente, todos os convidados que participariam do baile de gala em algumas horas. Meu estômago roncou ao ver toda a comida diante de mim. Eu havia me esquecido de comer alguma coisa desde a banana que comi hoje de manhã porque estava muito nervosa com a noite.

Peguei um pouco de comida que eu pudesse devorar rapidamente e voltei para onde Selena estava.

Ela me levou até uma cadeira e disse:

— Vou deixar você comer e depois vou apresentá-la as meninas. Acho que você será a próxima a fazer o cabelo.

Assenti com a cabeça e fiquei observando enquanto ela se afastava. Achei que a comida que escolhi no que era essencialmente um bufê seria fácil para eu comer rapidamente, mas me vi olhando para toda a atividade que acontecia ao meu redor, distraindo-me do que realmente deveria estar fazendo.

Parecia haver um fluxo de como tudo estava acontecendo. Quando uma pessoa terminava o cabelo, ela passava para a maquiagem. Era muito cedo para estarmos usando nossos vestidos e não os colocaríamos até que estivesse mais perto da hora de descermos as escadas.

Todas pareciam se conhecer, e isso fez com que me sentisse ainda mais como uma estranha. Elas tinham suas histórias e piadas internas, enquanto eu não sabia do que estavam falando. Eu não as culpava, mas isso não ajudava muito na sensação de que não sabia como me relacionar. Dei um leve pulo quando um dos cabeleireiros ligou o secador e começou a soprar o cabelo de alguém.

Balancei a cabeça e, enquanto dava a última mordida em um bagel que peguei, uma morena com cabelo um pouco mais claro que o meu olhou para mim e deu um grande sorriso.

Ao se aproximar de mim, ela disse:

— Raven, certo?

— Sim, sou eu.

— Oi, eu sou a Ellie, a namorada de Kingston. Ele me falou muito sobre você.

— Engraçado, ele não falou muito sobre você.

— Não me surpreende. Kingston não gosta de divulgar muito sobre sua vida pessoal e é bastante calado. De qualquer forma, acho que você ainda não foi apresentada a todas, certo?

— A Selena disse que ia me apresentar a todas, mas ela se afastou.

Ellie e eu nos viramos para encontrar Selena ao celular falando com sabe-se lá quem sobre sabe-se lá o quê. Era bastante óbvio o que a havia distraído.

— Ficarei feliz em fazer isso por ela. Vou pegar o seu prato.

Achei estranho entregar a ela os restos da minha comida, mas talvez ela soubesse onde ficava uma lata de lixo. No fim das contas, eu estava certa, e ela jogou o prato fora antes de me levar até o local onde o cabelo e a maquiagem estavam sendo feitos. Quando nos aproximamos do local onde as outras mulheres estavam sentadas, outra morena olhou para cima e sorriu para mim.

— Oi, eu sou Anais. Sou a noiva de Damien.

— Ela também é minha melhor amiga, mas aparentemente isso não serve mais como um qualificador.

Anais deu uma risadinha enquanto estendia a mão. Imediatamente notei o anel em seu dedo anelar. Ela olhou para Ellie e disse:

— Continue me provocando e encontrarei outra dama de honra.

— Você tem que realmente fazer planos de casamento primeiro para que eu me sinta ameaçada.

Eu ri de suas brincadeiras. Isso me fez lembrar de algumas conversas que eu tive com Izzy.

— A loira ao lado de Anais é Grace, e a mulher do outro lado da sala, ao celular, com cabelo castanho encaracolado, é a Melissa. Elas estão namorando Broderick e Gage, respectivamente.

Grace me deu um pequeno aceno. Melissa estava muito ocupada olhando para o celular e não estava prestando atenção às nossas apresentações.

Ellie notou que eu estava observando Melissa e disse:

— Ela provavelmente está trabalhando, apesar de todos termos concordado em tirar o dia de folga para que tivéssemos uma coisa a menos com que nos preocupar quando se tratasse desse baile de gala. Ela está gerenciando uma das novas aquisições do império, que se tornará parte da Indústrias Cross.

Eu estava confusa.

— O que você quer dizer com "império"?

— Eu brinco dizendo que as Indústrias Cross é um "império" porque eles parecem estar envolvidos em muitos negócios.

Eu podia entender sua lógica. Isso também explicava todo o dinheiro que eles pareciam ter adquirido e continuavam adquirindo.

Como se soubesse que estávamos falando dela, Melissa guardou o celular no bolso e voltou para o grupo.

— Sinto muito por isso. O trabalho parece que nunca me deixa em paz. — Ela se virou e me olhou. — Você deve ser Raven, a meia-irmã de Kingston. Eu sou Melissa.

Fiquei imaginando se alguém havia explicado ao grupo o motivo pelo qual eu estava invadindo a sessão de beleza delas.

— Sim, sou eu. É um prazer conhecê-la.

— Já terminei com o cabelo — anunciou Anais e se levantou da cadeira. Ela esticou os braços acima da cabeça antes de pegar suas coisas. — Acho que você é a próxima, Raven.

Assenti com a cabeça enquanto Anais saía do caminho. Sentei-me em seu lugar e tirei meu cabelo do rabo de cavalo que havia feito. Depois que a cabeleireira examinou meu cabelo, ela me perguntou o que eu queria, e pensei em qual seria o melhor penteado para acentuar meu vestido e todo o visual. Olhei para a pulseira que Nash havia me dado antes de olhar para a cabeleireira.

— Que tal um penteado elegante?

— Eu estava pensando a mesma coisa. Vou arrumar seu cabelo rapidinho.

Abaixei a mão para pegar o meu celular e percebi que não havia nada para me manter ocupada nele, porque a única coisa para a qual eu poderia usá-lo era para entrar em contato com Kingston. Eu esperava que, com o anúncio desta noite, pudesse ter meu celular de volta e, então, poderia entrar em contato com Nash e Izzy.

Anunciar que eu fazia parte da família Cross foi a escolha certa. Eu estava fazendo a coisa certa.

— Ah, você está arrumando o cabelo agora. Ótimo — disse Selena ao entrar na sala. — Sinto muito por não ter podido apresentá-la a todas.

— Não se preocupe. Ellie fez um ótimo trabalho ao fazer isso.

Selena sorriu para quem eu supunha ser Ellie por cima do meu ombro antes de se voltar para mim.

— Fico feliz. Bem, se você precisar de alguma coisa, por favor, não hesite em pedir. Sou a próxima a fazer a maquiagem.

Ela se afastou e preferi me sentar e aproveitar o penteado. Eu não me lembrava da última vez que tinha feito o cabelo, a não ser na preparação para a festa dos Henson, quando Nash decidiu me exibir como um troféu que ele havia ganhado. Eu sabia que era mais para irritar o seu pai do que qualquer outra coisa, mas a intenção ainda era a mesma. O momento foi manchado pelo que Nash pretendia fazer, mas agora era diferente.

Eu estava nervosa com o que aconteceria esta noite, mas estava determinada a aproveitar essa sessão de mimos. Depois de tudo o que aconteceu, estava mais do que pronta para não fazer nada além de me vestir para o baile de gala.

Todo o processo de mimos transcorreu sem problemas e logo me vi em um longo vestido preto com um profundo decote em V na frente e as costas expostas. Usar meu cabelo preso foi a melhor ideia.

Coloquei um colar delicado e mantive a pulseira que Nash havia me dado. Era incrível como ela parecia combinar com tudo. Logo, todo o grupo de mulheres estava em volta, elogiando umas às outras pela boa aparência de cada uma.

Quando bateram na porta, Selena se aproximou e a abriu. Todos os homens Cross entraram de smoking preto. Para um observador casual, pareceria que todos estavam vestidos com os mesmos smokings, mas notei uma pequena diferença em cada terno.

Kingston deu um beijo na bochecha de Ellie, supus que para não estragar a maquiagem dela, antes de se aproximar de mim.

— Você está muito elegante, Raven.

— Eu poderia dizer o mesmo sobre você. Mas, por outro lado, geralmente o vejo de terno, então isso não está muito longe da realidade.

Kingston riu e isso mudou todo o seu rosto. Ellie se aproximou de nós e enlaçou seu braço no dele.

— Kingston é um homem de sorte hoje. Ele pode ter dois encontros.

— Espere um minuto, você está se referindo a mim?

Ellie acenou com a cabeça.

— Vamos caminhar juntos até o salão de baile.

— O tio Martin mencionou que faria um anúncio para cada um de nós no baile de gala, portanto, siga nosso exemplo e tudo ficará bem.

— Então é assim que ele vai dizer que sou um membro da família?

— É isso mesmo. — Kingston olhou para o relógio e disse: — Precisamos começar a descer agora.

Era hora do show.

CAPÍTULO 18
RAVEN

Fiquei nos bastidores enquanto esperava meu nome ser anunciado por Martin Cross. Eu me sentia no meu limite desde a hora em que bati na porta da suíte da cobertura e agora estava esperando meu nome ser transmitido para um grupo de estranhos ricos em um salão de baile. Não haveria como voltar atrás.

Dizer que não esperava por isso seria um eufemismo. Fui para o dia de hoje sem nenhuma expectativa além do que isso poderia significar para proteger a mim mesma e àqueles com quem eu me importava. Em vez disso, me foi mostrado muito mais. Talvez minhas emoções preconcebidas tenham desempenhado um papel importante, mas não esperava que todos fossem tão gentis e acolhedores como foram. Todos pareciam leais uns aos outros, e dava para ver como a família Cross era um grupo unido. O dia inteiro tinha sido um turbilhão e, a essa altura, eu estava apenas seguindo o fluxo.

Fiquei mexendo os polegares enquanto Martin anunciava seus filhos e suas parceiras e os três casais me deixaram com Kingston e Ellie. Ellie se virou e olhou para mim.

— Você está bem?

— Estou. Obrigada por perguntar — eu respondi.

— Tudo vai acabar daqui a pouco — disse Kingston.

Nós nos viramos quando ouvimos Martin anunciar Kingston e Ellie pelo nome e, juntos, eles saíram, deixando-me sozinha como a última pessoa atrás dessa cortina. Meu coração estava batendo forte em meus ouvidos. Eu me perguntava se conseguiria ouvi-lo anunciar meu nome por causa do barulho do meu coração.

Era isso.

— Agora, como muitos de vocês sabem, há muitas outros Cross por aí, vivendo em todo o mundo. Mas recentemente descobrimos que havia outra Cross por aí que recebemos em nossa família de braços abertos. Por último, mas certamente não menos importante, minha sobrinha Raven.

Eu sabia que devia estar parecendo insegura, mas não conseguia evitar. Estar sob os olhos do público, muito menos ser apresentada como membro de uma das famílias mais ricas do país, não era algo com o qual eu estava acostumada. Mas deixei minhas inseguranças de lado e consegui sorrir para a multidão e acenar um pouco quando me aplaudiram.

Havia um leve burburinho que parecia passar pela sala. Não fiquei surpresa e tenho certeza de que havia muitas perguntas sobre quem eu era e como tudo isso tinha acontecido.

Olhei ao redor da sala, sem me concentrar em ninguém em particular, até que o vi.

Nash.

Minha boca se abriu antes de me conter. Fechei-a novamente enquanto observava o choque registrado em seu rosto e logo em seguida a raiva. Era a mesma expressão que vi em seu rosto quando voltei para Brentson.

Eu deveria saber que ele estaria aqui. Ou, pelo menos, presumir que ele estaria.

A preparação para essa noite forçou minha guarda a baixar, porque não sabia no que estava me metendo. Pensei que, uma vez feito isso, poderia ter meu celular de volta e ligar para Nash e Izzy para contar-lhes o que havia acontecido e que eu estava bem. Eu não queria nem esperava que ele descobrisse dessa forma.

Será que Kingston sabia que os Hensons estariam aqui esta noite? Ele deveria saber, já que presumi que ele estava fornecendo segurança para o evento de alguma forma, então por que ele não me avisou? Eu precisava falar com ele.

Aproximei-me e fiquei do outro lado de Ellie quando Martin começou a falar de novo, concluindo seu discurso de apresentação para o baile de gala. Quando ele terminou, a plateia aplaudiu mais uma vez quando saímos do palco.

Quando a família Cross se dirigiu às duas mesas que estavam reservadas para nós, Kingston, Ellie e eu nos sentamos em uma mesa e nos juntamos a várias outras pessoas para completar a mesa. Estendi a mão para apertar a mão de todos e tudo estava calmo e amigável até que cheguei ao último homem da mesa. Ele se levantou e fixou seu olhar escuro em mim.

— Soren — disse ele.

O olhar intimidador do homem foi suficiente para forçar meus olhos para baixo. A energia que ele emitia era... estranha e não conseguia identificar o motivo. Eu sabia com quem eu não iria conversar durante esse jantar.

Mas tinha problemas maiores para resolver. Depois que me sentei em minha cadeira, olhei para o lugar onde sabia que Nash estava sentado, a poucos metros de distância, e o vi me encarando. Rapidamente, voltei a me virar para evitar olhar para ele.

No entanto, isso não mudou muito meu problema atual. Eu podia sentir o olhar de Nash abrindo um buraco em minhas costas. Não pude deixar de me perguntar o que estava passando pela cabeça dele. Ele achava que eu havia morrido dias atrás e agora sabia que era tudo mentira.

Pedi uma taça de vinho tinto e fiquei grata quando ela chegou. Minha mão tremeu levemente quando levei a taça aos lábios. A vontade de jogar a taça de volta estava lá, mas precisava me lembrar de quem eu era e onde estava. É engraçado como isso mudou tanto nos últimos quinze minutos.

O nervosismo que eu estava sentindo antes? Ele aumentou dez vezes agora porque tinha a pressão extra de não saber o que Nash estava pensando ou o que ele poderia planejar fazer. Claro que havia pessoas por perto, mas também havia pessoas por perto quando eu estava na Elevate, e ele havia encontrado uma maneira de me encurralar lá. Talvez se pudesse me certificar de não ficar sozinha com ele em lugar algum, poderia me orientar e entrar em contato com ele mais tarde para que pudéssemos discutir isso como adultos.

Não havia nenhuma chance disso, dada a nossa história e o quanto tudo estava tumultuado desde que Kingston explodiu um de seus próprios SUVs para lhe dar tempo de descobrir o que precisávamos fazer em seguida. Embora, olhando para trás agora, tenha entendido por que ele fez o que fez, ainda desejei que as coisas tivessem sido feitas de uma forma diferente, porque sabia que pessoas foram feridas no processo.

Pelo menos por enquanto, pareceria estranho se Nash se aproximasse de mim nesta mesa durante o jantar e com as apresentações acontecendo à nossa frente. Além disso, Kingston e Ellie estavam sentados à minha esquerda, então os tinha aqui para impedir qualquer confronto.

Mas, em algum momento, os convidados começariam a dançar e essa seria a oportunidade perfeita para ele se aproximar de mim. *Merda.*

Presumi que Van Henson também não gostaria que Nash fizesse uma cena. Por outro lado, Nash não teve nenhum problema em causar uma cena na casa de seus pais durante a festa que eles deram...

Balancei a cabeça, tentando empurrar esses pensamentos para o canto do meu cérebro. Não precisava ficar pensando nisso agora, porque não era algo que pudesse consertar ou mudar no momento. Em vez disso, voltei minha atenção para as atividades no palco porque, afinal, era por isso que estávamos aqui. Tomei outro gole de vinho e observei o que estava se desenrolando à minha frente.

Quem quer que a família Cross tenha contratado para organizar todo esse evento fez um trabalho fantástico. Foi lindo ver todos os destaques que as Indústrias Cross queriam compartilhar com seus convidados e com o mundo. Eles também distribuíram prêmios não apenas para pessoas que trabalhavam para as Indústrias Cross, mas também para aquelas que fizeram um trabalho excepcional em vários campos, e essa foi uma das maneiras de reconhecer as pessoas que mereciam.

Embora o que eu queria fazer em relação a Nash continuasse em minha mente, consegui me distrair disso por enquanto. Durante o evento, Kingston saiu da nossa mesa e voltou quando a última apresentação estava começando. Quando o evento terminou, me levantei e puxei Kingston para o lado enquanto Ellie foi falar com Anais.

— Eu quero perguntar uma coisa.

— Vá em frente.

— Por que você não me avisou que Nash estaria aqui esta noite?

— Porque achei que não seria um problema.

Eu lhe dei um olhar atravessado.

— Como assim, você achou que não seria um problema? Você sabe o que aconteceu na noite da explosão!

— Dizer a você que ele estaria aqui não teria feito nada além de deixá-la em pânico.

Ele estava certo, mas isso não vem ao caso.

— Mesmo assim, você me tirou essa opção. Você deveria ter dito alguma coisa.

A expressão de Kingston ficou séria.

— Há algumas coisas que você não sabe. O número de pistas que estamos seguindo, o número de ameaças que acabaram de ser feitas contra você porque você foi colocada sob a proteção da família Cross. Nem sempre vou poder lhe contar todas as pequenas coisas que acontecem.

Isso me fez fazer uma pausa temporária.

— Você estava pensando que Nash fazia parte do plano para me sequestrar?

— Não podíamos ter certeza, mas confirmamos que ele não estava.

Eu sabia que ele não tinha participado, mas não sabia que Kingston o havia listado como suspeito.

— Por que você não me disse pelo menos isso?

— Porque eu não queria causar ainda mais dor do que você já passou, Raven. Ele estava em nossa lista e nós o inocentamos.

— Você teria me contado se ele estivesse por trás de tudo isso?

Kingston me encarou antes de acenar com a cabeça. Pelo menos ele estava disposto a me dar isso.

— Kingston.

Nós dois nos viramos e encontramos Damien e outro homem vindo até nós. Damien me deu um pequeno sorriso enquanto voltava sua atenção para o seu primo.

— Posso ter um minuto? Ben e eu queremos falar com você sobre um novo empreendimento de segurança.

Kingston assentiu e desviou seu olhar para mim.

— Eu já volto.

Ele se afastou e eu voltei para a mesa em que estava sentada. Puxei minha cadeira de volta e me sentei, contente em esperar até que pudesse deixar este lugar e voltar para o meu quarto de hotel. Peguei a bolsa que havia decidido usar esta noite e tirei o celular dela. Verifiquei a hora e me perguntei se teria tempo suficiente para correr para o banheiro e retocar o batom antes que alguém percebesse que eu havia saído.

— Ah, aí está você.

A voz soou estranhamente familiar, mas não consegui localizá-la. Olhei por cima do ombro e vi que Van Henson estava a apenas alguns metros de mim. Nash não estava com ele e fiquei ao mesmo tempo aliviada e desapontada. Provavelmente era melhor que tivéssemos algum espaço entre nós agora. Mas o pai dele tinha muita coragem de vir até mim depois do acordo que havíamos feito.

— Não tenho nada a lhe dizer. — E eu não tinha. Eu havia dito tudo o que queria dizer a ele anos atrás, quando saí de Brentson pela primeira vez, e não havia dito uma palavra quando Nash me levou para a festa deles quando voltei.

— Não estou aqui para causar uma cena. Só queria conversar com você. Brevemente.

É claro que ele não estava. Porque havia muitos olhos na sala que estariam muito interessados no que ele poderia estar dizendo para me enfurecer.

Suspirei e me virei para encará-lo. Endireitei minha postura e disse:

— O que posso fazer pelo senhor, Sr. Henson?

Qualquer um que olhasse para nós pensaria que Van tinha a vantagem nessa situação, já que eu estava sentada e ele estava de pé. Eu podia ver em seus olhos uma leve incerteza enquanto ele refletia sobre minha nova família e status.

Foi a primeira vez, desde que tudo isso começou, que pude deixar de lado minhas inseguranças sobre mim mesma e começar a abraçar a minha força.

— Eu queria dizer que gostaria de apagar o passado entre nós. Sei que houve alguns sentimentos difíceis entre nós dois e queria enterrar as armas, por assim dizer.

Cruzei os braços sobre o peito, sem acreditar em uma única palavra que havia saído de sua boca.

— Isso é porque Martin Cross me apresentou como sua sobrinha hoje à noite? Porque você não parecia querer enterrar nada da última vez que o vi.

Lembrei-me de como Van havia tratado Nash mal, falando ao meu respeito quando ele não sabia que eu estava no quarto da cabana onde nós estávamos nos escondendo do mundo. Era fácil perceber que se tratava de uma manobra para cair nas minhas graças, pois se ele tivesse inimigos na família Cross, seria uma batalha difícil para ele chegar a algum lugar neste mundo.

— Não. É por causa de seu relacionamento com o meu filho.

Apertei os lábios, ainda não acreditando em uma palavra do que ele havia dito. Primeiro, Nash não havia contado que achava que tinha me visto morrer em uma explosão de carro. Em segundo lugar, não era possível que ele achasse que eu estava acreditando em suas mentiras. Mas, por outro lado, ele sempre teve pessoas ao seu redor beijando sua bunda, então talvez ele achasse que eu estava acreditando em cada palavra que ele dizia.

— Van, não quero ter nada a ver com você e agradeceria se você encontrasse sua família e me deixasse em paz. — Se eu não tivesse sentido as palavras saírem da minha boca ou ouvido minha voz, não sei se teria acreditado que tinha acabado de dizer aquilo.

— Nossa conversa na noite em que lhe fiz a oferta ficará entre nós, certo?

Eu bufei. Tarde demais para isso, porque Nash sabia.

— Deveria ter me feito assinar um acordo de confidencialidade, então.

Ele olhou para mim chocado por eu saber o que era aquele documento juridicamente vinculativo. Eu podia ver que o tinha deixado sem palavras, provavelmente algo que raramente, ou nunca, acontecia, e queria ser a pessoa que literalmente dava tapinhas nas próprias costas. Fazer isso em público poderia parecer um pouco estranho, então, em vez disso, eu o fiz mentalmente e me levantei da mesa.

— Você tem razão. Eu deveria ter feito isso. Sua mãe me disse que você era inteligente e que não importava o que estivesse em seu caminho, você faria de tudo para lutar pelo que queria, inclusive o meu filho.

Se ele achava que poderia me distrair usando minha mãe, ele teria uma bela surpresa. Eu me certifiquei de manter minha expressão vazia ao perguntar:

— Quando ela disse isso?

— Na noite em que você e Clarissa nos receberam para jantar.

Eu me aproximei dele e ficamos lado a lado, eu virada para a direção oposta à dele.

— Você deveria ter seguido o conselho dela porque não era uma dica. Foi um aviso. Ouça, você deveria ter sido mais cuidadoso com os acordos que fez, porque nunca se sabe quando eles voltarão para lhe dar um chute na bunda. Talvez ainda não tenha dito nada publicamente sobre o que sei a seu respeito, mas quero que você sempre tenha em mente que nunca sabe quando vou soltar aquela bomba da verdade. Agora, tenha uma boa noite.

Eu me afastei dele com a cabeça erguida e um sorriso no rosto. Foi incrível vencê-lo, e saber que agora eu tinha essa certeza sobre sua cabeça fez com que me sentisse melhor do que nunca.

Saí do salão de baile e encontrei Kingston e Damien conversando juntos em um canto da sala de espera. O homem com quem Damien estava andando quando se aproximou de Kingston e de mim não estava em lugar nenhum.

— Ei — eu disse e os dois homens se viraram para mim. — Eu estava indo para o meu quarto, se não há mais nada que precisássemos fazer? Foi um dia longo.

— Acho que meu pai queria tirar algumas fotos com toda a família antes de irmos embora, mas fora isso...— A voz de Damien se arrastou quando sua atenção foi atraída para algo do outro lado da sala. Olhei na direção em que ele estava olhando e o encontrei encarando sua noiva, Anais. Eu tinha que admitir que era muito gentil.

— Ok. Espero que possamos fazer isso logo, antes que eu vire uma abóbora.

Os dois homens deram uma risada e Kingston disse:

— O tio Martin está nos chamando agora. Vamos tirar essas fotos para podermos sair daqui.

Eu segui Kingston e Damien enquanto eles caminhavam até onde estavam Martin, Selena, Gage e Broderick. Peguei meu batom e meu pó fixador e rapidamente tentei refrescar meu visual para que não parecesse uma bagunça durante essas fotos que estariam disponíveis para consumo público.

Demorou muito tempo para tirar as fotos porque estávamos tirando-as primeiro em grupos menores, antes da foto de grupo que tiramos todos juntos. Também foram tiradas fotos com os homens Cross e suas parceiras. Em vez de eu tirar uma foto sozinha quando chegou nesse ponto, pude tirar fotos com Kingston. Toda essa experiência encerrou uma noite alucinante, pois ainda não conseguia entender o fato de não ter parentes de sangue e depois descobrir que tinha uma família maior do que jamais poderia ter imaginado.

O que mais me preocupou foi o fato de que, durante todo esse processo, não tinha visto Nash desde que o programa do baile de gala havia terminado oficialmente. Será que ele tinha ido embora? Pra ser honesta, eu não o culparia se esse fosse o caso.

Um dos homens de Kingston me levou até meu quarto de hotel. Kingston me disse que a família Cross havia alugado todo o andar em que eu estava porque muitos membros da família estavam hospedados no mesmo lugar. Eles queriam tomar todas as precauções imagináveis para evitar qualquer tipo de incidente, e eu fiquei grata.

Abri a porta do meu quarto e suspirei. A noite finalmente havia terminado e poderia tirar os sapatos. O simples fato de abrir a porta do meu quarto liberou a tensão que vinha se acumulando ao longo das últimas horas.

Estendi a mão para acender uma das luzes do quarto e, quando o fiz, ofeguei. Minhas mãos voaram para a boca enquanto eu observava o que estava diante de mim. Era impossível que eu estivesse vendo a cena à minha frente.

CAPÍTULO 19
RAVEN

Levei vários segundos para me recuperar enquanto meu coração acelerava dentro do peito. Eu estava atordoada demais para me mexer. Nash estava sentado em uma cadeira perto da janela, e fiquei chocada e confusa.

— Feche a porta, Raven.

Sem nem pensar, segui suas instruções e, imediatamente depois, as dúvidas sobre o que fazer vieram à tona. Eu poderia ter corrido para o corredor e gritado pelo guarda que havia me acompanhado até meu quarto. Havia uma chance de que ele ainda estivesse por perto ou parado perto da porta, certo?

Coloquei minha mão na maçaneta e Nash balançou a cabeça levemente. Esse simples movimento foi suficiente para incendiar meu corpo.

— Como você entrou aqui?

Ele se levantou e eu engoli um palavrão. Eu não conseguia ler a expressão em seu rosto, então não sabia o que ele estava pensando. A única coisa que tinha para me basear era a expressão de choque, e depois de raiva, em seu rosto.

— Kingston me deixou entrar — disse ele ao dar um passo em minha direção. — Depois de termos conversado um pouco durante o baile de gala.

Revirei os olhos, lembrando-me de quando Kingston saiu da nossa mesa e da conversa que tive com ele mais cedo.

— Claro que sim. — *Maldito traidor.*

— Kingston aparentemente me inocentou de estar envolvido em sua trama de sequestro.

Assenti com a cabeça, confirmando as notícias que ouvira de Kingston. Isso também me fez pensar se ele havia liberado Van de qualquer envolvimento ou se o homem sequer esteve em sua lista.

— Eu nem sabia por que você era considerado suspeito, já que matou meu possível sequestrador.

— Seria uma excelente maneira de encobrir meus rastros, porque teria matado a única pessoa que poderia confirmar que eu tinha sido o mandante.

Eu odiava o fato de ele estar certo. Ele deu mais um passo em minha direção, diminuindo a distância entre nós. O cômodo em que estávamos tinha um bom tamanho, mas parecia que as paredes estavam ficando mais próximas. Eu estava quase disposta a apostar que as paredes ao nosso redor poderiam ter caído e ainda assim não teriam mudado a intensidade que eu estava sentindo de Nash.

— Você sabe o que Kingston sabia?

Dei de ombros enquanto tentava parecer não afetada pela presença dele. Por outro lado, ele provavelmente sabia que eu estava mentindo.

Nash deu mais um passo em minha direção e precisei de tudo em mim para não recuar. Se eu fizesse isso, não teria para onde ir, a não ser para uma porta fechada.

— Ele sabia o quanto você queria me ver.

A expressão em seus olhos era primitiva. Havia um tom na maneira como ele me olhava que me fez sentir um pouco de medo.

— Há um guarda do lado de fora da porta do meu quarto de hotel neste momento e bastaria eu gritar para....

— Você não vai fazer isso, vai, Raven?

Ele deu uma ênfase especial ao meu nome quando deu mais um passo. Dessa vez, eu recuei e minhas costas bateram suavemente na porta. Um sorriso malicioso apareceu em seus lábios enquanto eu lambia os meus. Ele me tinha exatamente onde queria, e sabia disso. Eu estava curiosa demais sobre o que ele faria para abrir a porta e alertar os seguranças que poderiam estar nesse andar.

— Precisamos conversar sobre muitas coisas, passarinho, mas agora não é o momento.

— Nash, eu posso explicar...

Minha voz sumiu por causa da expressão em seu rosto. O olhar primitivo havia mudado por um breve momento e eu, mais uma vez, não tinha ideia do que ele estava pensando. Quando ele não disse nada imediatamente, me vi mentalmente implorando para que ele dissesse uma palavra, para me dar uma dica do que estava passando pela sua cabeça. Em vez disso, ele me encarou e passou a mão pela minha bochecha.

— Eu tinha que ter certeza de que você era real. — Suas palavras foram um soco no estômago que eu não esperava. A suavidade de suas palavras me acariciou, mas assim que o olhar sinistro em seus olhos voltou, sabia o que aconteceria em seguida.

Ele me queria. Qualquer barreira que o impedisse de chegar até mim não tinha chance de sobreviver.

A mão que estava apoiada em meu rosto se moveu em direção ao meu queixo e empurrou minha cabeça para cima. Fui forçada a olhar para ele, para os olhos que continham meus sonhos e assombravam meus pesadelos quando eu estava longe dele.

Tremi um pouco antes de seus lábios pousarem nos meus. Foi uma volta ao lar para nós dois, porque para mim o lar era onde ele estivesse.

— Sabe, é engraçado como nos encontramos novamente e você está aqui usando um vestido muito caro. A propósito, ele fica maravilhoso em você.

Levantei uma sobrancelha.

— Você se importa com esse vestido?

— Não. Eu estava puxando conversa antes de transar com você.

Ele não me deu a oportunidade de reagir. Seus lábios se chocaram contra os meus, eliminando qualquer outro pensamento. Eu sentia desejo por ele desde que o vi pela primeira vez, quando subi no palco diante de todas as pessoas convidadas para o baile de gala, e não havia como negar o poder que ele exercia sobre mim.

Quando o vi no baile, senti que minha calcinha estava encharcada. A mistura de preocupação e perigo havia feito um estrago em meu corpo. Depois de horas pensando em quando ele atacaria e faria sua presença ser notada, finalmente chegou a hora e estava mais do que pronta para aguentar tudo o que ele me jogasse.

Não tentei lutar contra a atração que ele exercia sobre mim. Seu beijo punitivo estava arruinando o batom que havia me esforçado para passar antes de tirar aquelas fotos lá embaixo. Eu não me importava e isso não tinha importância. A única coisa que importava era chegar o mais perto possível dele.

Nossas línguas dançavam uma ao redor da outra enquanto apreciávamos o sabor uma da outra depois do que havia sido uma seca. Se eu quisesse, não haveria mais daquilo e muito mais disso.

Minhas mãos agarraram tudo o que eu podia agarrar enquanto tentava puxar Nash o mais próximo possível de mim. Eu podia sentir os músculos de seus ombros quando empurrei o paletó do smoking para fora de seu corpo. Não importava onde ele caísse no quarto.

Nada importava além de nos deixar nus o mais rápido possível.

Quando ele interrompeu o beijo, respirou fundo e disse:

— Mal posso esperar para enfiar meu pau em você e fodê-la com tanta força que, toda vez que você se sentar, vai pensar nesse momento aqui. O momento em que eu a fodi com tanta força que você implorou por misericórdia.

Um gemido saiu de minha boca.

— É isso que eu quero.

Fiquei surpresa por ter pronunciado as palavras em voz alta. Era a segunda vez esta noite que me chocava. Talvez estivesse virando uma nova página e não podia negar que estava adorando isso.

Parecia ser o que Nash também queria, porque seus lábios pousaram nos meus novamente e fiquei sem fôlego. Quando tentei me afastar, jurei que ele rosnou e me agarrou com mais força. A possessividade que ele demonstrou fez meus mamilos se contraírem e pude senti-los roçando o tecido do meu sutiã sem alças. Quando ele finalmente me deu um pouco de alívio, oferguei enquanto tentava sugar uma tonelada de ar. Ele soltou meus lábios, mas suas mãos permaneceram em volta da minha cintura, segurando-me junto ao seu corpo.

Era isso que eu estava perdendo. Era isso que nós dois desejávamos.

Deixando um pouco de espaço entre nós, deixei as palmas das mãos deslizarem por seu peito, permitindo-me sentir mais uma vez toda a dureza de seus músculos sob meus dedos. Cheguei até onde começava o cós de sua calça e desci antes que ele pegasse meus pulsos com a mão e os levantasse. Quando ele empurrou minhas mãos para que as segurasse contra a porta, engoli com força. Se essa não fosse uma das coisas mais eróticas que já havia experimentado, estaria mentindo para mim mesma.

Ele olhou para cima, para onde nossas mãos se encontraram, antes de voltar a olhar para baixo, para meus olhos.

— Você ainda está usando a pulseira.

— Por que você parece surpreso? Ela significa muito para mim.

A maneira como seus olhos estudaram os meus me aqueceu de dentro para fora. Sem mencionar que ter que abrir mão do controle para ele e não saber o que ele faria em seguida era mais excitante do que eu pensava. Desloquei minhas pernas, permitindo que ele se colocasse entre elas. Ele só ficou ali por um segundo antes de dar um passo para trás e se inclinar para a frente. Eu gritei quando ele soltou meus pulsos e me puxou em sua direção, forçando meu corpo sobre seu ombro. Isso me fez lembrar de como ele lidava comigo quando estávamos em sua cabana, trancados longe do mundo.

Nash me carregou por vários segundos antes de me jogar sem cerimônia na cama, e me vi olhando para ele. O homem diante de mim era tão bonito que quase doía. Quando ele passou a mão pelos cabelos loiros escuros, desejei que meus dedos estivessem emaranhados em seus fios. Isso me daria controle o suficiente para mantê-lo exatamente onde eu o queria: de joelhos e com a boca na minha boceta.

Parecia que ele tinha a mesma ideia que eu, pois se ajoelhou e o senti levantar meu vestido antes de mover a cabeça para que não ficasse mais visível. Isso me lembrou o que um noivo poderia fazer quando estivesse com sua noiva depois do casamento.

Senti uma leve carícia de seus dedos enquanto ele subia até a calcinha que eu achava uma boa ideia usar sob o vestido. Ela devia estar encharcada, e ele estava se enchendo de meu entusiasmo por qualquer viagem que faríamos esta noite. Minhas mãos foram até meus seios. Empurrei a parte de cima do vestido e o sutiã sem alças para baixo para poder brincar com meus mamilos. Eu me contorcia sob seu toque enquanto ele passava um dedo para cima e para baixo na minha fenda coberta pela calcinha.

A expectativa que ele estava criando dentro de mim ia me fazer entrar em combustão. Se ele não me tocasse onde eu queria, não sabia o que faria. Como se ele soubesse o que eu estava pensando, o senti movendo minha calcinha fio dental para o lado. Esperei com a respiração suspensa que ele me tocasse. Mas ele não tocou. Bem, não exatamente.

Senti sua respiração em meu clitóris já sensível e estremeci em resposta. Olhei para baixo e tudo o que pude ver foi uma pequena protuberância onde sua cabeça estava apoiada entre minhas pernas. Quando ele soprou em mim novamente, dei um pulo e ouvi sua risada sombria encher a sala. Ele sabia que estava me deixando louca e claramente não se importava com isso.

— Nash — eu gemi, e sua risada parou. Eu não tinha a menor ideia do que ele poderia estar pensando por que não conseguia ver seu rosto. Mas então senti seus dedos brincando perto da minha entrada e ele não perdeu mais tempo e deslizou um dos dedos para dentro.

Minha cabeça voou para trás de alívio. Ele finalmente tinha me dado o que eu queria. Agora poderia morrer feliz.

Sua língua se juntou à festa, e lutei contra a vontade de apertar minhas coxas. Essa era a volta para casa que eu merecia.

Como eu não podia ver o que ele estava fazendo, os únicos sentidos em que podia confiar eram os sons que ele fazia enquanto lambia minha boceta e a maneira como ele me tocava. O fato de não poder observá-lo forçou meus outros sentidos a se sobressaírem enquanto meus olhos se fechavam, determinada a aproveitar cada segundo daquilo. Era apenas uma questão de tempo até que meu corpo se transformasse em uma bagunça trêmula enquanto me recuperava de todas as sensações que ele estava provocando em meu corpo.

— Mais. Eu quero mais — disse enquanto a pressão dentro de mim continuava a aumentar.

Em vez de responder verbalmente, ele colocou outro dedo em minha boceta e eu quase gritei. A intensidade estava aumentando e ficou mais difícil controlar o meu corpo. Todas as emoções fluíam em mim, causando muita confusão. A única coisa que fazia sentido era o que Nash estava fazendo na minha boceta naquele momento.

Brinquei com meus mamilos com mais força, determinada a atingir o orgasmo o mais rápido possível. Senti a boca de Nash se afastar de mim e, com isso, seus dedos me foderam com mais força, dando-me exatamente o que eu queria quando precisava. Meu corpo saiu do controle quando comecei a chegar ao limite. Enquanto eu gemia, Nash voltou a colocar a boca em mim e começou a lamber os frutos de seu trabalho.

Enquanto tentava me recuperar, ele levantou meu vestido para que eu pudesse vê-lo agora. Ele me observou enquanto seu dedo começava a se mover em direção à minha bunda antes de dizer:

— Ninguém te fodeu aqui antes.

Ele disse isso como se soubesse que não estava me perguntando. Mesmo assim, balancei a cabeça.

O sorriso de Nash o fez parecer feliz e perverso ao mesmo tempo.

— Parece que serei eu quem vai tirar sua virgindade aqui também.

— Espere um minuto...

O sorriso deixou seu rosto e ele ficou sério.

— Não agora, mas será algo para o qual trabalharemos.

Ele esperou minha resposta, e pude vê-lo imaginando se me oporia a fazer algo assim. Quando não demonstrei mais nenhuma hesitação de minha parte, ele gemeu.

— Essa é a minha garota, porra.

Não tive a oportunidade de pensar muito em suas palavras porque ele estava em movimento. Observei quando ele se levantou. Embora minha mente quisesse ficar ali sentada e apenas observar o que ele faria enquanto me recuperava, meu corpo tinha outros planos.

Eu me inclinei para abrir sua calça e ele saiu do meu alcance.

— Embora eu fosse adorar foder a sua boca, já faz muito tempo que não a como. Tudo o que meu pau quer é entrar nessa minha boceta molhada. Tire o vestido.

Eu me arrepiei involuntariamente, enquanto arrepios surgiam em minha pele. Nash tinha a capacidade de fazer isso com apenas algumas palavras. Quando pensei que ele havia cometido um erro ao chamar minha boceta de sua, o olhar em seus olhos não dizia nada disso. Ele estava falando sério em cada palavra.

Minha.

Era uma palavra tão poderosa e, embora minha reação instintiva fosse discutir com ele, não podia negar que o fato de ele ter dito aquela palavra me deixou mais molhada.

Ele saiu do meu caminho para que pudesse me levantar e abrir o zíper do vestido enquanto ele tirava a roupa.

— Você não sabe como está gostosa agora, com seu penteado perfeito completamente bagunçado e seu sutiã fazendo qualquer coisa, menos manter seus seios contidos. Parece que você não está nem aí para o que os outros pensam.

Abri o sutiã e tirei a calcinha fio dental antes de dizer:

— A única coisa que me importa é que vamos transar hoje à noite.

Ele sorriu e eu soube que, mais uma vez, era hora do jogo.

— Isso pode ser combinado.

Com nós dois nus, tirando as joias que eu usava e os sapatos de salto alto que havia usado no baile de gala, ele me empurrou de volta para a cama e se acomodou entre as minhas pernas mais uma vez. O momento da verdade estava chegando, e estava mais do que pronta para ele.

— Brinque com os seus mamilos.

— De novo? — Havia um toque de atrevimento em minha voz e isso fez os lábios de Nash se contorcerem.

— Você estava brincando com eles enquanto eu estava fodendo você com a minha língua?

— Sim, eu estava — disse com confiança.

— Eu disse que você podia fazer isso?

A seriedade em sua voz forçou meus olhos a se arregalarem. Mas nenhuma palavra saiu de minha boca para responder a ele. Ele usou aquele momento de choque para deslizar para dentro de mim. Não havia dúvida em minha mente de que eu era total e completamente dele.

— Foda-se — eu o ouvi murmurar baixinho, e ele recuou e depois avançou em minha boceta. O prazer que corria em minhas veias estava começando a crescer e estava mais do que pronta para outro orgasmo, cortesia de Nash Henson.

Suas investidas se tornaram um ritmo constante, e eu estava mais do que disposta a me render ao seu toque. Com base no suor que se formava logo acima de sua testa, pude ver que Nash estava me dando tudo o que tinha. Era como se ele estivesse me fodendo para poder me marcar, mostrando a todos que eu era dele e ele era meu. Eu não poderia me importar menos com o que ele estava fazendo, desde que isso significasse mais um orgasmo em meu corpo.

Ele bombeou para dentro de mim mais duas vezes e me abaixei e toquei meu clitóris porque estava muito perto. Ele rosnou ao ver isso e esperei que ele dissesse que não tinha me dado permissão para fazer isso, mas ele não disse. Ainda bem, porque não tinha a menor intenção de parar.

Eu me vi alternando entre gemidos e gritos à medida que meu clímax se abatia sobre mim. Depois do dia que tive, não havia como ficar acordada por mais de alguns minutos após o último orgasmo. O que tornou tudo ainda melhor foi o fato de Nash não ter parado de bombear em mim. Ele ainda não tinha tido seu próprio orgasmo e estava determinado a tê-lo.

Quanto mais ele estocava em mim, mais sensível me sentia ao atingir o orgasmo. Ele me penetrou mais duas vezes antes de soltar um gemido alto e se juntar a mim no outro lado do nirvana.

Ele respirou fundo várias vezes enquanto olhava para mim. Moveu lentamente os quadris e disse:

— Eu ia me arrepender de não ter lhe contado isso pelo resto da minha vida se não tivesse visto você novamente. Olhe para mim.

Meus olhos se abriram, tirando-me da névoa de luxúria em que me encontrava. Eu queria ficar nessa felicidade orgástica para sempre.

— Eu amo você.

As lágrimas se acumularam imediatamente no canto dos meus olhos. Minha respiração ficou presa na garganta enquanto tentava encontrar uma maneira de liberar o aperto no peito. Isso não podia ser real, podia?

Quando ele se retirou do meu corpo, sabia que, sem dúvida, isso era real, porque senti a perda dele imediatamente.

Eu sabia que tínhamos que nos curar de tudo o que havia acontecido, mas, pelo menos agora, estávamos conectados. Éramos um só.

Antes de ele sair da cama, sussurrei alto o suficiente para que ele ouvisse:
— Eu também amo você.
Falei a mais pura verdade.

Ele apertou minha mão antes de entrar no banheiro. Apenas aquele pequeno toque, combinado com o que havíamos acabado de vivenciar, tornou tudo mais brilhante. Tudo o que eu sempre quis foi estar com ele de todas as formas imagináveis. Ele era o único que podia me fazer sentir assim.

Ele trouxe duas toalhas de rosto e nos limpou antes de se deitar novamente na cama. Ele me puxou em sua direção até que me deitasse em seu peito.

Tentei me forçar a ficar acordada. Era por medo de que ele saísse do meu quarto de hotel e nunca mais o visse. Ele havia dito que me amava e, no fundo, eu suspeitava que ele não iria embora, mas até que conversássemos e tivéssemos mais clareza, o peso em meu peito ainda estaria lá. Parecia que era algo que eu merecia e agora eu estava começando a entender o quanto isso o destroçava por dentro.

CAPÍTULO 20
NASH

A sua respiração suave era tudo o que eu ouvia enquanto passava a minha mão levemente para cima e para baixo no seu braço. Esta pequena ação foi uma das pequenas coisas de que senti falta quando pensei que a tinha perdido para sempre. Era algo que tinha tomado como garantido quando estávamos juntos e que não tinha tido oportunidades suficientes para fazer depois de ela ter regressado e antes de Kingston ter decidido que o melhor curso de ação era ser a estrela do seu próprio filme de verão.

Agora mal conseguia aproveitar com o que tinha acontecido, e era só porque ela estava de novo nos meus braços, a descansar depois dos estragos que eu tinha causado ao seu corpo.

Era fofo vê-la lutar contra o sono, mas ele acabou por vencer. Eu sabia que devia juntar-me a ela, mas por alguma razão não conseguia. Em vez disso, estava perdido nos meus próprios pensamentos sobre toda esta situação, enquanto tentava dar sentido a tudo o que tinha acontecido.

No fundo, era a única coisa que importava, mesmo que eu quisesse ir lixar toda a existência do Kingston por me ter feito passar pelo tumulto que ele causou. Parte de mim perguntava-se se aquilo tinha sido um teste para ver como eu reagiria ao fato de ela ser tirada de mim mais uma vez, mas sabia que o objetivo era encontrar quem quer que quisesse fazer-lhe mal, e depressa.

Ainda assim, o fato de ele me ter colocado na lista de suspeitos até esta noite irritava-me, mesmo que a parte lógica do meu cérebro me dissesse que fazia sentido até ele conseguir limpar o meu nome. Afinal de contas, toda a gente que tinha estado perto de mim sabia que eu a odiava pelo que ela tinha feito no passado, sem saber que o meu pai tinha sido a razão para isso.

Tentei deixar isso de lado antes que a raiva tomasse conta de todas as minhas emoções. Não adiantaria ficar pensando nisso agora, mas isso me fez pensar se meu pai tinha algo a ver com tudo isso.

Ele com certeza não gostaria de trazer Raven de volta a Brentson porque ela sabia pelo menos um de seus segredos. Mas o resto? Eu odiava dizer que era definitivamente possível.

Meu pai era um político habilidoso, capaz de reenquadrar praticamente qualquer coisa para que você visse seu ponto de vista e conseguia se safar de qualquer coisa. Achei que teria sido capaz de perceber se ele tivesse se esforçado tanto para prejudicar Raven. Agora ele teria que se preocupar com a possibilidade de saber que ele tentou sequestrar uma das herdeiras da fortuna da família Cross. Isso seria ótimo para suas ambições políticas.

Eu precisava conversar mais com Kingston sobre o que ele havia encontrado e se isso o levaria a tirar alguma conclusão. A breve conversa que ele e eu tivemos não incluiu muita coisa nesse sentido e precisávamos chegar ao fundo da questão.

Mas, por enquanto, eu gostaria de tê-la em meus braços, uma sensação da qual eu sentia muita falta. Fazia menos de duas semanas desde a explosão do carro, mas parecia uma eternidade.

Fazia o mesmo tempo que eu não sentia qualquer sensação de paz. Isso só aconteceu com a conexão que eu e ela estabelecemos na cabana e que lentamente se transformou em... algo que não teve muito tempo para se desenvolver quando voltamos ao mundo exterior. A vontade de voltar no tempo para mudar o que havia acontecido estava lá, mas eu não podia. Nem o faria se pudesse.

Eu me aconcheguei o máximo que pude sem incomodá-la. Ela se mexeu levemente quando me movi, mas não fez nenhum movimento que desse a entender que estava acordando. Inclinei-me e apertei o botão que apagaria todas as luzes do quarto.

Antes que eu pudesse pensar em qualquer outra coisa, entrei em um sono profundo.

Comecei a acordar quando senti Raven se mexendo ao meu lado. Sua cabeça ainda estava apoiada em meu peito, com a mão ao lado dela. As cortinas estavam fechadas, então ainda estava escuro no quarto, embora o relógio na mesa de cabeceira ao meu lado dissesse que eram oito da manhã.

— Nash?

Sua voz ainda estava rouca de sono, e era uma das coisas mais sensuais que eu já tinha ouvido.

— Vou acender a luz.

— Está bem.

Eu me aproximei e apalpei o local até que meus dedos tocaram o que eu supunha ser o botão para acender as luzes. Quando o pressionei, a luz imediatamente encheu o quarto, e olhei para Raven, que estava semicerrando os olhos por causa da mudança no ambiente.

— Eu avisei que ia acender as luzes.

— Eu sei, mas ainda não estava preparada.

Dei uma risada quando ela se afastou do meu peito e imediatamente senti falta do calor que o fato de a ter contra mim trazia ao meu corpo. Ela havia agarrado o cobertor para manter partes de seu corpo escondidas, mas quando se levantou para se esticar, as cobertas caíram, dando-me ampla oportunidade de olhar para seus seios. Se meu pau ainda não estivesse duro, isso teria sido suficiente.

Quando ela pegou o cobertor novamente para se cobrir, levantei uma sobrancelha.

— Eu vi muito de você na noite passada e em todas as outras noites em que fizemos sexo, Raven.

— Está frio aqui dentro.

— Tudo bem, desde que esse seja o único motivo pelo qual você está se escondendo de mim. — Havia uma chance de ela estar com frio, mas o rubor em suas bochechas me fez pensar se ela estava sendo tímida.

Ela se aconchegou ao meu lado novamente, ajustando o corpo de modo a descansar a cabeça em meu ombro dessa vez.

Ficamos deitados assim por alguns minutos antes de ela falar.

— Temos muito o que conversar.

— Normalmente, isso faria com que muitas pessoas entrassem em pânico, mas, neste caso, eu concordo plenamente.

— Por onde devemos começar?

— Pessoalmente, quero falar sobre o que aconteceu na noite da explosão do carro e depois mais sobre o acordo que você fez com meu pai.

— Por que, de repente, parece que é muito cedo para falar sobre isso?

— Porque nenhum de nós realmente quer falar sobre isso, mas para superar isso, precisamos fazê-lo.

Ela olhou para mim com uma expressão de dúvida.

— Eu sempre soube que você era inteligente, mas quando você se tornou sábio?

Sua pergunta me fez lembrar da tarefa de Chevalier que tinha pela frente. Eu não tinha feito nada para me preparar para a tarefa que determinaria se eu tinha ou não adotado algumas das qualidades encontradas nos Chevaliers que eram corujas.

— Droga...

— O que há de errado?

— Tenho algumas coisas de Chevalier para as quais deveria estar me preparando, mas não quero mais fazer isso.

Um olhar de preocupação passou por suas feições.

— Isso tem alguma coisa a ver com a presidência?

Será que eu havia cometido um erro e mencionado algo a ela sobre isso?

— O que você sabe sobre isso? Eu...

Ela balançou a cabeça negativamente.

— Não muito, mas conheci o presidente dos Chevaliers de Nova York outro dia.

— Você o conheceu? Você conheceu Parker?

Dessa vez, ela assentiu com a cabeça.

— Parker Townsend, certo?

Eu não duvidava que ela o tivesse conhecido, mas isso confirmava sua história. Provavelmente não haveria outro motivo para ela saber o nome dele, porque eu tinha certeza de que o fato de ele ser presidente não era de conhecimento público, embora também não estivesse sendo escondido.

— E o que ele disse? — perguntei e esperei pela resposta dela como se minha vida dependesse disso.

— Que ele foi a razão pela qual eu fui trazida de volta a Brentson.

Olhei pra ela por um longo tempo. Nossa conversa não estava se restringindo aos tópicos sobre os quais havíamos concordado em falar, mas estava trazendo à tona outras coisas que, claramente, precisávamos discutir. E parecia que tudo o que ela estava dizendo era chocante, para dizer o mínimo.

Eu estava começando a fazer conexões entre as coisas, mas não tinha certeza se estava sendo presunçoso ou não. Para mim, era óbvio que ela havia sido trazida de volta a Brentson para ser listada como algo que eu precisava conquistar, mas será que eu estava certo?

— Isso teve alguma coisa a ver com os testes de presidência que estavam ocorrendo em Brentson?

— Sim. Ele me trouxe de volta para cá porque queria que eu fosse uma espécie de teste para você. E ele fez isso prometendo me contar mais sobre o que aconteceu com minha mãe. Como ela morreu e tudo o mais.

Minha suposição estava correta, mas antes que pudesse responder, ela continuou.

— O que está acontecendo entre nós é parte disso ou é real?

— Você está se referindo ao nosso relacionamento? Essa é a coisa mais real em minha vida. Especialmente neste momento. Não duvide de que o que sinto por você é real. Nunca deixei de amar você, mesmo quando pensei que a odiava.

Eu podia ver que ela estava prestes a chorar, mas estava falando sério.

Quando a primeira lágrima caiu, usei meu polegar para enxugá-la imediatamente. Eu não queria ser o responsável por suas lágrimas, mas o máximo que poderia desejar agora era que fossem lágrimas de felicidade.

— Você não sabe o quanto desejei, ao longo dos anos, ouvi-lo dizer algo assim. Uau. Estou surpresa com o quanto isso me deixou emocionada.

Mais lágrimas começaram a cair, e eu fiz o possível para acompanhá-las. Peguei um lenço de papel e limpei a umidade em seu rosto antes que ela se apossasse dele, e a puxei para perto de mim em um esforço para acalmá-la. Depois de alguns instantes, ela se afastou e a observei afastando do rosto o cabelo que havia caído do penteado. Em seguida, ela levantou a mão e tocou a nuca com ela.

— Droga, eu não desfiz o penteado ontem à noite.

— Estávamos muito ocupados, então é compreensível.

Foi então que seus lábios se contraíram, e eu sabia que ela estava lutando contra um sorriso. Eu tinha alcançado meu objetivo de tirar as lágrimas de seus olhos. Quando ela começou a rir, prendi a respiração enquanto tentava não rir. Quando suas risadas ficaram mais altas, ficou mais difícil me controlar. Todo o controle foi por água abaixo quando ela soltou uma gargalhada completa.

Eu me juntei a ela, mas me forcei a silenciar minhas próprias risadas para poder apreciar os sons de sua felicidade.

— Está bem, está bem — ela disse, enquanto tentava recuperar o fôlego. — Precisamos voltar à nossa conversa.

— Sim. Então você conheceu Parker e ele lhe disse que a trouxe de volta para cá porque você precisava estar aqui para os testes. O que ele contou sobre a sua mãe?

— Bem, eu soube que meu pai matou minha mãe.

Se havia alguma maneira de fazer com que o clima no cômodo desse um giro de 180 graus, essa era a maneira de fazer isso.

— Sinto muito em ouvir isso. — Eu não sabia o que mais poderia dizer para melhorar as coisas.

— Quero dizer, foi um choque, mas me sinto mais em paz por ter um desfecho. Sempre achei que a história era mais complexa do que o que me contavam e poder encerrar o assunto foi muito importante para mim. Tive alguns dias para me sentar com as notícias e absorvê-las antes de admiti-las a você, e é provavelmente por isso que não me desmanchei em lágrimas novamente. Você sabe qual foi o ponto alto?

— Qual?

— Minha mãe fez tudo isso por mim. Ela disse ao Neil que ele precisava confessar a mim que era meu pai, porque eu merecia saber. Ela disse a ele que, se não o fizesse, ela finalmente me contaria. Com base na data da carta, foi algumas semanas antes de ela ser morta.

— Isso é absolutamente horrível.

— Sim, se ele já não estivesse morto, eu ficaria tentada a...

Sua voz se arrastou e eu não tentei fazer nada para preencher o silêncio temporário que passou entre nós dois.

Raven limpou a garganta e eu disse:

— Vamos falar sobre a explosão do carro.

— Eu não sabia nada sobre o que estava acontecendo até que aconteceu.

Eu já imaginava isso; a menos que Kingston tivesse encontrado uma maneira de contatá-la antes e ela não tivesse me contado, não havia como ela saber.

— Eu estava andando logo atrás de você, e ele nos separou de propósito para me colocar em um dos outros veículos dele, que então seguiria em frente para que eles pudessem explodir o que supostamente estava levando você e ele.

Raven assentiu e depois disse:

— Sim. Ele me contou o plano quando eu estava no SUV para garantir que soubesse o que fazer quando chegasse a hora. Ele me instruiu a sair do veículo e correr para o mais longe possível dele.

— E, durante esse tempo, Landon estava me batendo na cabeça com uma arma.

Seus olhos se estreitaram um pouco antes de se arregalarem.

— Landon bateu em você?

Eu lhe contei rapidamente o que havia acontecido depois que Landon me deixou inconsciente e observei a gama de emoções que passaram pelo seu rosto. Era como se ela estivesse lá quando tudo aconteceu. Sua capacidade de sentir empatia pelas pessoas era uma das coisas que eu mais gostava nela.

— E você o viu hoje à noite?

— Vi. Você viu?

Ela balançou a cabeça.

— Para ser honesta, estava tão concentrada na minha apresentação e depois em você quando a vi que não pensei em procurá-lo. Mesmo depois de ele ter vindo com Kingston à minha casa, eu não o vi. Mesmo depois de ele ter ido com Kingston à minha casa antes de tudo acontecer.

— O que aconteceu com você depois da explosão do carro?

Raven engoliu em seco.

— Kingston me encontrou e caminhamos pela floresta até chegarmos a outro carro. Ele me levou a um apartamento na cidade e fiquei lá até chegar a este quarto de hotel hoje à noite. Ele é absolutamente deslumbrante. Também tenho feito minhas aulas sempre que posso lá.

Pelo menos Kingston havia cuidado dela e isso me fez ligar os pontos com o Presidente Caldwell também. É mais do que provável que ele soubesse desse acordo e estivesse hesitante em comentar sobre ele por medo de vazar algo que não deveria.

— Você também queria falar mais sobre o acordo com seu pai. — Ela fechou os olhos e não disse uma palavra por um minuto. — Não há muito que você não saiba sobre isso. Ele me pagou para ir embora, e eu fui, e em troca, mantive minha boca fechada sobre o fato de ele estar no pequeno livro secreto de uma madame. No entanto, ele falou comigo no baile de gala; presumo que tenha sido depois que você já tinha vindo para cá.

Meu aperto nela ficou mais forte antes que percebesse que a estava apertando demais. Eu não gostava que ela interagisse com meu pai quando eu não estava presente, especialmente quando ele tinha tudo a perder se ela falasse.

— O que ele disse?

Ela me contou rapidamente o que aconteceu entre ela e meu pai e eu quase bati palmas por causa da forma como ela lidou com a interação com ele.

— Acho que você tem razão. Ele está tentando suavizar as coisas porque sabe que agora eu o conecto à família Cross. Tenho certeza de que é apenas uma questão de tempo até que ele comece a tentar me bajular.

Quando Raven estava prestes a dizer algo mais, seu estômago roncou.

— E agora estou morrendo de fome, então, qualquer outra coisa que precisarmos conversar, podemos fazer isso depois do café da manhã?

Quem era eu para negar qualquer coisa a ela?

— Primeiro o café da manhã, depois a transa, e depois podemos conversar mais, se quiser. Combinado?

O rubor em suas bochechas me disse que eu tinha tirado a sorte grande.

CAPÍTULO 21
RAVEN

— Não quero ir embora — disse enquanto tomava mais um gole do café à minha frente. Era saboroso, mas nada comparado ao que eu tomava no apartamento durante o tempo em que deveria estar "morta".

Nash e eu estávamos desfrutando de um belo café da manhã depois de finalmente sairmos da cama e pedirmos o serviço de quarto. Eu tinha colocado um pijama que havia trazido comigo, e Nash estava sentado apenas de boxers. Isso tornou nossa refeição mais excitante para mim, pois aproveitei a oportunidade para dar uma olhada em seu corpo enquanto comíamos nossos ovos, bacon e panquecas. Esse pode ser um começo de manhã típico para muitas pessoas ao redor do mundo, mas eu não queria considerar isso algo natural, pois havia muitos motivos pelos quais não deveríamos estar aqui agora. Apreciar essa refeição um com o outro parecia um privilégio, não uma garantia, e fiz o possível para absorver todo o momento.

— Isso é tão tranquilo.

— A Cross Sentinel reservou todos os quartos deste andar como uma forma de bloqueá-lo para proteger os membros da família que queriam ficar no local em vez de voltar para suas casas logo após a festa.

Era estranho estar a par de coisas como essa e de tudo o que a família Cross fazia para proteger os seus. Definitivamente, levaria algum tempo para me acostumar.

— A razão pela qual eles fecharam esse andar é por sua causa?

— Aparentemente, há muitas ameaças contra a família Cross em geral e Kingston pensou que o baile de gala seria um evento grande o suficiente para que alguém tentasse algo por causa do público que teria e da publicidade que viria depois. Mas, até onde eu sei, nada aconteceu.

— Bem, isso não é uma coisa ruim.

— Certo, mas ainda não sabemos quem está fazendo tudo isso contra mim e por quê. É fácil classificar algumas das outras ameaças como menores ou improváveis de acontecer devido a x, y, z, mas há uma ameaça real contra mim e ainda não sabemos quem está por trás dela.

— O que me deixou muito frustrado. Passei a maior parte dos últimos dias após a explosão tentando descobrir quem estava por trás de tudo isso, mas não tive muita sorte. Pelo menos temos algumas respostas, como o fato de Parker ter sido quem trouxe você para cá e pagou suas mensalidades, então definitivamente não é ele. Poderia ser alguém que odiava Neil Cross e decidiu descontar em você?

— Pode ser, mas isso parece mais pessoal.

Nash esfregou a mão no queixo antes de pegar o copo de suco de laranja.

— Isso também não explica as mensagens de texto que eu tenho recebido.

Lembrei-me de pouco antes de sair do carro em um esforço para escapar de Nash.

— Ou o fato de termos recebido essa mensagem de texto em particular ao mesmo tempo.

— Certo. Algo mais está acontecendo aqui e parece que envolve nós dois e não apenas eu. Não faria mais sentido dessa forma?

— Ou eles têm algo contra mim e estão usando você como uma forma de se vingar.

Esse pensamento pairou no ar enquanto Nash e eu continuávamos a tomar nosso café da manhã. Notei como o clima na sala havia mudado, mas não queria que isso pesasse muito sobre mim agora. Era um fardo enorme para carregar, mas eu também queria ter em mente que isso deveria ser sobre o nosso encontro, e não sobre nos preocuparmos apenas com o que estava acontecendo no mundo exterior.

Peguei meu garfo e olhei para o meu prato enquanto empurrava a comida sem rumo.

— Embora eu ainda tenha um mau pressentimento sobre tudo isso, Nash, podemos mudar de assunto? Passei a maior parte dos últimos dias sozinha, pensando em tudo o que foi descoberto recentemente, e isso não me deixou exatamente com sentimentos positivos.

— É compreensível. Quero falar sobre o que vai acontecer quando voltarmos ao campus.

Levantei meu olhar lentamente para encontrar o dele, mas ele não estava olhando para o meu rosto. Segui seu olhar e notei que ele estava olhando para o pequeno espaço entre os botões da minha camisa, dando-lhe um vislumbre dos meus seios.

Engoli com força.

— O que você acha que vai acontecer quando voltarmos para o campus?

Seu olhar saiu preguiçosamente do meu peito para olhar nos meus olhos.

— Quero que você venha morar comigo.

Eu ri por um segundo, mas a risada morreu em meus lábios por causa da expressão de seu rosto.

— Você não pode estar falando sério.

Mas ficou claro que ele não estava brincando.

— Nash, não podemos deixar de ser inimigos e passar a morar juntos em questão de semanas. Vou ficar na minha casa porque tenho um contrato de aluguel.

— Quebre-o.

— Não é tão simples assim. Eu sou responsável pelo pagamento da minha parte do aluguel.

— Mas é simples. Você pode facilmente pagar sua parte do aluguel agora. Pode até pagar o aluguel inteiro pelo resto do ano.

Revirei os olhos, embora ele tivesse razão. Decidi usar uma abordagem diferente.

— Por que eu deveria morar com você? Apresente o seu caso.

— Porque podemos acordar como acordamos hoje, todas as manhãs.

— Você não sabe brincar — Eu tinha gostado de acordar com ele tanto quanto ele, obviamente, mas isso não significava que estava pronta para morar com ele.

O sorriso de Nash me aqueceu até o âmago, e eu esperava poder conter o calor que se manifestava em minhas bochechas.

— Mas voltando ao motivo pelo qual você deveria vir morar comigo, eu tenho um porteiro e temos segurança no local que, no mínimo, a tornaria mais segura do que a casa em que você mora agora.

— Tenho certeza de que Kingston não teria nenhum problema em colocar um segurança perto da minha casa para me manter segura.

— Mas isso é algo que você quer? Ter alguém observando todos os seus movimentos?

Dei de ombros.

— Não seria muito diferente do que está acontecendo agora. De qualquer forma, já me sinto como se vivesse em um aquário noventa por cento do tempo.

Por que eu estava tendo esse debate com ele? Ele havia entrado em minha vida há apenas algumas semanas e não tinha nenhum problema em tentar administrá-la da maneira que achava melhor.

— Não vou morar com você e, se você me ama como diz que ama, respeitará minha decisão.

Nash me encarou de volta, mas sua expressão permaneceu oculta. Nem mesmo uma pequena sugestão era visível. Embora seu olhar tenha me deixado um pouco desconfortável, não iria voltar atrás com a minha declaração. Ir morar com ele agora não era a atitude certa para nós. Além disso, se a pessoa só estava atrás de mim, estaria colocando sua vida em risco ao morar com ele.

— Você sabe que eu a respeito.

Havia um "mas" ali, mas se ele estava ou não disposto a compartilhar o que estava pensando agora era outra questão.

— Vamos chegar a um acordo.

— Eu não sabia que você conhecia o significado dessa palavra.

Nash bateu em meu pé embaixo da mesa, aliviando a tensão de nossa conversa atual.

— Peço desculpas. O que você acha que seria um bom acordo?

— Você fica no meu apartamento algumas noites por semana comigo e eu fico na sua casa com você. Não é exatamente viver juntos, mas é algo que está fadado a acontecer organicamente de qualquer maneira. A equipe de Kingston pode fazer o que for necessário para protegê-la. Se as coisas mudarem por alguns dias e precisarmos ficar separados, que seja, mas você ainda terá sua equipe de segurança para ajudar a afastar qualquer ameaça.

Eu pensei na ideia algumas vezes. Eu não teria uma resposta oficial imediatamente, mas não era um plano mal elaborado. Ter Nash presente daria a tranquilidade necessária em minha vida, mas ainda não gostava do fato de que essa ideia poderia colocar a vida dele em risco. Por outro lado, ele não tinha problemas em matar qualquer pessoa que tentasse me prejudicar, então ele claramente não tinha problemas em se defender.

— Tudo bem. Posso concordar com esse plano, desde que todas concordem que você fique em casa várias vezes durante a semana. Você teve alguma notícia de Izzy? Kingston disse que elas estavam indo bem, mas suspeito que o fato de eu não estar lá por dias teria levantado algumas bandeiras vermelhas.

Nash balançou a cabeça.

— Não tive nenhuma notícia dela. O que será que Kingston disse a ela para que não ficasse preocupada com você?

Acrescente essa pergunta à lista cada vez maior de coisas para as quais eu queria respostas.

Coloquei o garfo ao lado do meu prato e peguei o guardanapo que estava no meu colo.

— Já terminei de comer e acho que vou tomar um banho.

— Está bem.

Nash não disse mais nada quando me levantei, mas pude sentir seus olhos em mim quando saí do quarto. Entrei no banheiro e fechei a porta atrás de mim. Fui até a pia e peguei minha escova de dentes, pensando que aquele era um ótimo momento para escovar os dentes. Demorei um pouco e, quando estava enxaguando a boca, olhei para o espelho e vi o reflexo de Nash olhando para mim.

Fechei a torneira e me virei para encará-lo de frente. Foi o que bastou para que Nash agisse.

Seu passo longo permitiu que me alcançasse rapidamente e seus lábios estavam nos meus antes que pudesse piscar. Nosso beijo passou de leve a intenso enquanto as mãos de Nash se aproximavam de meus cabelos.

Ele agarrou meu cabelo perto da nuca e puxou, forçando meu rosto a olhar para ele. Ele não me deu a oportunidade de respirar novamente antes de conquistar meus lábios com os seus.

A outra mão de Nash pousou em minha barriga antes de subir até meu peito. Presumi que se ele tivesse que desabotoar minha camiseta do pijama teria desperdiçado muita energia e tempo, então ele decidiu seguir o caminho mais fácil.

Eu podia sentir seu pau ficando mais duro a cada segundo contra minha coxa. Ele estava tão excitado com esse beijo quanto eu. Minhas mãos queriam segurar seu pau, brincar com ele como ele estava brincando comigo, mas aparentemente isso não estava nos planos.

Nash afrouxou o aperto que tinha em meu cabelo até soltá-lo, deixando meus fios escuros caírem onde pudessem. Quando ele tirou a mão do meu peito, quase choraminguei. Eu nunca choraminguei. Eu não estava preparada para a perda de seu toque, e o efeito que ele teve sobre mim me fez pensar e fazer coisas que normalmente não faria.

Mas tudo isso fazia parte de seu plano.

Nash olhou para minha camisa como se ela o tivesse ofendido, antes de agarrá-la e puxá-la. Felizmente, a camisa era um pouco frágil, então ele não estragou nenhum botão ou o tecido. Ele não causou muitos danos além de tirá-la de mim e jogá-la em algum lugar do banheiro.

Com a minha nudez, ele agarrou meu seio novamente, mas dessa vez se concentrou no meu mamilo e o puxou para a boca. Observei enquanto ele o lambia e chupava, deixando-o duro feito pedra e me fazendo querer xingar e implorar ao mesmo tempo. Minha mente lutou com a decisão de agarrar o balcão ou passar os dedos pelos cabelos dele. A segunda opção venceu, e meus dedos encontraram o caminho para seus cabelos loiros escuros, prendendo sua cabeça ao meu peito.

Um gemido baixo saiu de seus lábios enquanto meus dedos massageavam seu couro cabeludo. A ideia o inspirou, pois ele baixou uma das mãos e começou a brincar com o cós do meu pijama.

— Por favor — eu disse, mas foi mais um gemido suave.

Ele parou de lamber meu mamilo e disse:

— Por favor o quê, passarinho?

Essas palavras me fizeram tremer toda, embora meu corpo tivesse se aquecido com o toque e o beijo dele. O que ele estava fazendo comigo deveria ser considerado crime.

— Por favor... por favor, me foda com os seus dedos.

Seus olhos brilharam com minhas palavras. Parecia que eu não era a única que estava no limite do controle.

Ele puxou para baixo o short do pijama que eu vestia e olhou nos meus olhos enquanto passava um dedo para cima e para baixo na minha fenda. Eu o desafiei mentalmente a me tocar, a me foder como eu sabia que ambos queríamos, mas ele decidiu me surpreender.

Ele se ajoelhou e agarrou minha perna. Eu me segurei no balcão enquanto ele beijava meu tornozelo até a parte interna da minha coxa. Quando terminou, Nash depositou beijos ao longo da minha outra coxa, certificando-se de não passar pelo lugar que eu mais queria.

— Eu pensei que você fosse me dar o que eu queria? — Minha voz soou um pouco mais grave e grossa de excitação.

— Quando foi que eu disse isso?

Eu podia ouvir um tom de provocação em sua voz. Ele me tinha exatamente onde queria, e sabia disso.

— Nash, eu...— O resto da minha frase não saiu da minha boca porque ele escolheu aquele exato momento para levantar minha perna novamente e colocá-la em seu ombro. Ele ficou olhando para a nova visão da minha boceta antes de fazer seu movimento.

Esse novo ângulo mudou bastante as coisas para mim, e eu não conseguia acreditar nas sensações que percorriam meu corpo em alta velocidade. Minhas mãos encontraram seu lugar de direito em seu cabelo enquanto ele lambia e provocava meu clitóris. Ele agarrou minha bunda com as duas mãos, forçando meu corpo ligeiramente para a frente. Isso me inclinou de tal forma que lhe deu ainda mais acesso à minha boceta.

Uma das mãos me manteve no lugar, enquanto a outra permaneceu perto da minha bunda, massageando-a enquanto ele me fazia desintegrar bem diante de nossos olhos.

Por um momento, fiquei imaginando o que ele faria com a mão que estava tocando minha bunda, mas quando ele a moveu para que ela pudesse participar da diversão, fiquei muito feliz.

— Porra — eu disse quando o senti deslizar um dedo em minha boceta. Não havia como eu sobreviver a esse ataque dele.

— Foda-se é isso mesmo. Adoro como você fica molhada para mim, passarinho.

Ele não estava errado. Havia algo nele e em nós que fazia tudo parecer certo.

Quando outro dedo se juntou à festa, quase senti como se também fosse cair de joelhos. Mas Nash se certificou de que eu estivesse firme, e o amava ainda mais por isso. Eu não queria que nada atrapalhasse esse orgasmo que parecia estar prestes a destruir meu corpo.

E eu não podia esperar.

Senti a onda começar e soltei um gemido alto.

— Eu vou gozar.

Nash levantou a cabeça e disse:

— É isso aí, passarinho. Goze em minha língua. Quero lamber cada gota.

A pressão em meu núcleo atingiu o auge quando ele voltou à posição inicial. Só faltava mais um pouco para eu estar...

O pensamento morreu quando gozei com força. Meus olhos se fecharam e juro que estava vendo estrelas por trás das pálpebras. Meus gritos ricocheteavam nas paredes do banheiro e parecia que meu corpo estava descendo do mais alto dos picos.

Nash fez o que disse que faria e mais um pouco. Quando abri os olhos e olhei para baixo, encontrei-o olhando de volta para mim. O calor em seus olhos não havia diminuído nem um pouco, e sabia que isso estava longe de terminar. Ele não retirou os dedos de mim até que terminasse de atingir o orgasmo.

Nash soltou minha perna antes de se levantar. Ele aproximou os dedos dos meus lábios, cobrindo-os com meu próprio suco antes que eu abrisse a boca, permitindo que ele introduzisse os dois dedos. Chupei-os e sua única resposta foi um gemido baixo.

Mas não estava preparada para o que viria a seguir.

Nash tirou seus dedos da minha boca. Ele então me virou e a parte da frente do meu corpo estava encostada no balcão do banheiro e sua superfície fria imediatamente começou a esfriar meu corpo quente. A diferença gritante entre a temperatura do meu corpo e a do balcão me fez ofegar.

Ele se inclinou para a frente e sussurrou:

— Você está pronta para receber o meu pau?

Tudo o que pude fazer foi acenar com a cabeça porque não confiava em mim mesma para dizer algo útil. Achei que os únicos sons que eu poderia fazer seriam de natureza animalesca e não responderiam à pergunta dele.

Ou talvez respondesse.

— Mal posso esperar para lhe dar cada centímetro. Incline-se e agarre o balcão.

Fiz como ele pediu e esperei para ver o que ele faria em seguida. Ele fez algo inesperado novamente.

Deu uma palmada na minha bunda, e dei um pulo antes de gritar de choque.

Quando ele fez o mesmo com a outra face, estava mais bem preparada e, em vez de ser uma surpresa, a necessidade de que ele fizesse isso de novo e de novo aumentou.

Quando ele me deu a terceira palmada, poderia jurar que meus olhos rolaram para a parte de trás da minha cabeça. Como se tivesse ouvido meus pensamentos íntimos, ele bateu em minha bunda várias vezes.

Nash massageou minha bunda e disse:

— Você não sabe como sua bunda está bonita agora, passarinho.

— Você não sabe o quanto eu quero que você me foda agora mesmo.

— É mesmo? — Nash passou a mão pela minha fenda, e olhei para ele através do espelho e vi um sorriso nos seus lábios.

— Mesmo.

Nash não perdeu mais tempo. Não houve fingimento e não foi necessário mais incentivo. Ele colocou uma mão na minha cintura e bateu com o pau na minha bunda algumas vezes antes de se enfiar em mim, fazendo-me gritar de prazer.

Era isso que eu queria. Era isso que estava esperando.

— É isso mesmo, querida. — Sua voz saiu áspera e cheia de luxúria. — Você não sabe como está linda.

Mas eu sabia. Eu estava olhando para nós dois no espelho e a cena era linda. Observei enquanto Nash olhava para o local onde nossos corpos se conectavam, como se estivesse em transe. Quando ele desviou os olhos e encontrou os meus através do espelho, o sorriso não estava em lugar algum. Em vez disso, seus olhos percorreram meu rosto, estudando cada centímetro dele para observar o efeito que ele estava causando em mim.

Não demoraria muito para que ele percebesse o que estava fazendo comigo. Quando ele moveu os quadris mais rapidamente, fui forçada a segurar o balcão com mais força porque não queria cair. A essa altura, tinha certeza de que havia esquecido meu próprio nome.

O que eu queria fazer parecia arriscado, mas precisava correr o risco, pois a sensação era muito boa. Abaixei a mão para brincar com minha boceta. Durante todo o tempo, nossos olhares nunca se desviaram. A eletricidade entre nós era avassaladora, mas me recusava a desviar o olhar.

— Enquanto você brinca com seu clitóris, eu vou brincar com isso. Não pare até que eu lhe diga para fazê-lo.

Nash estendeu a mão e brincou com meu mamilo, e foi o que aconteceu. A pressão que estava se acumulando dentro de mim finalmente foi liberada.

Eu me vi gritando novamente.

— Oh, meu Deus, Nash!

— Isso é exatamente o que eu quero ouvir.

O orgasmo arrancou tudo o que havia dentro de mim, e me vi me inclinando para frente enquanto tentava me recuperar.

— Eu lhe disse para parar? — Nash diminuiu a velocidade de suas investidas e beliscou meu mamilo. — Coloque seus dedos de volta no clitóris.

— Acho que não vou conseguir gozar de novo. — Minha declaração saiu entre respirações pesadas enquanto tentava reunir alguma energia.

Fiz o que ele pediu, e ele grunhiu quando acelerou o ritmo novamente. Eu não achava que tinha a capacidade de gozar novamente, mas era óbvio que ele estava determinado a provar que eu estava errada.

E ele provou isso, pois logo me senti gozando em seu pau mais uma vez.

— Foda-se, sim — ele murmurou pouco antes de também se satisfazer.

Tudo aquilo parecia uma experiência fora do corpo. Uma experiência muito cansativa. Nash se aproximou e me abraçou. Presumi que ele também questionava se eu conseguiria ficar de pé.

Ele me puxou para que eu ficasse de pé, retirando seu pau do meu corpo. Eu me virei e me apoiei nele, sem me preocupar com nada além de tentar recuperar o fôlego.

Nash se abaixou e sussurrou em meu ouvido:

— Agora, vamos tomar um banho, porque você não vai conseguir ficar de pé agora.

CAPÍTULO 22
RAVEN

Olhei para a penteadeira e pensei no que tínhamos acabado de fazer. Eu nunca mais conseguiria olhar para a bancada do banheiro da mesma forma e não me arrependia nem um pouco. Depois de tomarmos banho juntos, me senti relaxada e rejuvenescida, pronta para enfrentar o resto do dia.

Apertei o cinto do meu roupão e olhei para Nash, que estava ocupado amarrando uma toalha na cintura. Quando ele olhou para mim, o olhar que me deu me obrigou a balançar a cabeça.

— Não. Eu sei o que está pensando. Não, não, não, não! Precisamos nos vestir e preciso fazer as malas. Você precisa voltar para o seu hotel e fazer o mesmo.

— Não vou perder você de vista, Raven.

A maneira como ele disse as palavras gritou possessividade e eu não conseguia decidir como me sentia sobre isso. O fato de ele ser superprotetor fazia sentido, dadas as circunstâncias, e apreciava o fato de ele se preocupar e querer garantir minha segurança. Mas estava sozinha há tanto tempo que o fato de "não sair da vista dele" parecia demais, embora eu quisesse passar o máximo de tempo possível com ele também.

— Nash...

— Se você vai discutir isso comigo, é inútil. Eu já cuidei de tudo isso.

Suspirei. Não valia a pena, e tínhamos coisas mais importantes para conversar e fazer.

— Tudo bem.

Sem olhar para ver qual seria a reação dele, saí do banheiro e fui em direção à minha mala, que estava aberta na cama.

Quando estava tirando o roupão, ouvi Nash sair do banheiro, mas não me dei ao trabalho de me virar para ver o que ele estava fazendo. Deixei o roupão escorregar dos ombros e peguei o sutiã que havia colocado sobre a cama. Só olhei por cima do ombro quando senti o olhar de Nash. Ele estava bem atrás de mim, seus olhos estudando a pele que eu acabara de revelar.

Pensei em provocá-lo, mas a responsabilidade brilhou através da névoa de luxúria que queria tomar conta de meu cérebro. Então ele deixou um beijo em meu ombro e foi para o outro lado da cama.

Ele havia mandado entregar algumas roupas para ele no hotel, para que não precisasse se preocupar em usar o smoking novamente. Nós nos trocamos em silêncio, mas olhávamos um para o outro de vez em quando. Não pude deixar de sorrir porque tudo isso era muito bom. Estar com ele e fazer coisas normais, como tomar café da manhã ou tomar banho juntos, era muito bom.

Ainda havia muita coisa que não sabíamos sobre como seria nosso futuro, mas, no momento, eu não me importava porque estava esperando por um momento como esse há muito tempo. Eu havia passado os últimos dois anos quase sempre sozinha e solitária, e agora me sentia tudo menos isso.

Um som veio da mesa de cabeceira, me aproximei e peguei o celular. Eu sabia que poderia ser uma mensagem de texto de apenas uma pessoa, já que ninguém mais tinha esse número de telefone.

> Kingston: Estarei em seu quarto em breve.

Nash limpou a garganta e eu olhei para ele, mas ele não estava olhando para o meu rosto. Ele estava olhando para o meu pulso.

— Eu ainda não consigo acreditar que você ainda está usando isso.

Eu sorri porque Nash estava falando sobre a pulseira novamente. Ele estava fechando o fecho para que eu pudesse usá-la novamente depois do banho que tomamos.

— Estou usando porque a adoro. Não sei por que você ainda está chocado por eu usá-la. Você não fez nada que me fizesse querer tirá-la e jogá-la no rio Hudson, para nunca mais ser vista ou ouvida de novo.

Enquanto eu colocava meus saltos na mala, Nash disse:

— Muitas pessoas ficariam curiosas para saber quem a deu a você.

Dei de ombros.

— Não me importo com o que as outras pessoas pensam sobre isso.

— Isso mostra ao mundo que você é minha.

Olhei bem nos olhos dele e disse:

— Não mostra nada se as pessoas tiverem que fazer perguntas sobre isso, Nash. Isso não é como um anel de noivado ou uma aliança de casamento. E eu não sou sua.

— É o precursor disso. Não estou dizendo que será em breve, mas não vejo meu futuro sem você nele.

Não havia como esconder minha surpresa, e meus olhos se arregalaram quando a percepção me atingiu em cheio. O comentário dele foi totalmente inesperado, mas algo que eu queria ouvir há muito tempo.

— Mesmo depois de tudo — fiz uma pausa enquanto tentava encontrar a palavra certa — isso?

— Sim. — Ele deu um passo em minha direção, e isso me fez lembrar da noite passada. A conexão que compartilhamos na noite passada e agora, enquanto ele olhava profundamente em meus olhos, era a mesma, mas diferente. — Você acha que eu estaria disposto a deixá-la ir agora que a tenho de volta? Tudo o que isso me disse é que podemos resistir a tudo o que for jogado contra nós.

Acenei lentamente com a cabeça.

— Isso é verdade. E já tivemos muita merda jogada em nosso caminho.

— E, no entanto, você está bem aqui, onde pertence. Comigo.

Não pude deixar de sorrir. Seus elogios desde que nos reunimos novamente me envolveram em um abraço caloroso que eu nunca mais quis perder. Ele se aproximou de mim e levantou meu queixo para que olhasse para ele. Seus lábios desceram até os meus e permiti que a sensação de seu toque me invadisse. Quando senti suas mãos começarem a se aproximar da minha camisa, agarrei-as e as afastei com cuidado.

— Tenho que fazer o check-out. Kingston disse que estaria aqui em breve.

— Ele não disse quando e eu ainda não tive o suficiente de você.

Dessa vez, ele me deu um beijo rápido e eu sorri contra seus lábios. Eu precisava terminar o que estava fazendo, mas tirar alguns segundos preciosos para aproveitar o que tínhamos não seria o fim do mundo.

Coloquei uma mão em seu peito e o afastei gentilmente.

— Ele disse em breve, e eu presumi que isso significava...

Quando houve uma batida na porta, demos um passo para longe um do outro. Senti imediatamente falta do toque dele. Nash estendeu a mão como se dissesse "espere", foi até a porta e olhou pelo olho mágico. Ele se virou para me olhar e acenou com a cabeça enquanto sua mão alcançava a maçaneta da porta. Isso deve ter significado que era Kingston.

Nash abriu a porta e Kingston entrou. Ele cumprimentou Nash com um gesto de cabeça antes de se virar para mim.

— Está na hora de você ir — disse Kington.

— Para onde eu estou indo? Voltar para Brentson? De volta ao apartamento em que estava hospedada? — Eu queria perguntar se tinha alguma palavra a dizer sobre isso, mas me abstive por enquanto porque queria ver o que ele diria.

— De volta ao apartamento.

— Eu não quero voltar para lá. Brentson é onde fica minha casa e eu deveria poder ficar lá. Afinal, você disse que estaria mais segura quando anunciássemos que eu sou um membro da família Cross, então por que parece que ainda estou sendo mantida escondida?

Eu parecia uma pirralha em minha mente, porque o apartamento em que eu estava hospedada era maravilhoso. Eu tinha tudo de que precisava, além das pessoas que me receberam de braços abertos, e já estava farta de me esconder ou de viver com medo.

Kingston não disse nada e eu olhei para Nash. Eu estava um pouco insegura sobre onde queria chegar com isso, mas sabia que tinha que ser dito, então continuei.

— Se você tem vigiado minhas colegas de quarto sem problemas e as mantém seguras sem que elas percebam, o que mais precisaria ser feito para garantir que eu possa morar no campus e ainda ter uma experiência universitária normal, pelo menos por enquanto?

Pude ver que Kingston estava pensando na minha sugestão, o que era melhor do que um simples "isso não vai funcionar".

— Também acho que você vai entender se eu não quiser perder Raven de vista. Não depois de ter pensado que a tinha perdido. Duas vezes.

Tanto Kingston quanto eu, viramos para olhar para Nash. Eu não esperava que ele dissesse nada e estava claro que Kingston também não.

O olhar de Kingston se voltou para Nash.

— Tudo o que diz respeito a descobrir as medidas de segurança da Raven é entre mim e Raven.

— O diabo é que é. Você só a conhece há pouco tempo, enquanto eu a conheço há anos. Eu a amo.

Um pequeno choque de eletricidade percorreu meu corpo por causa de suas palavras.

Kingston não pareceu tão surpreso com a declaração de Nash quanto eu imaginava.

— Você sabe que não precisava deixá-lo entrar no quarto dela.

— E eu lhe agradeço por ter feito isso, mas isso não muda nada do que sinto por você ter me feito pensar que ela tinha morrido e depois ter permitido que um de seus capangas me nocauteasse.

Kingston sorriu.

— Landon não mencionou essa parte.

Nash agiu como se fosse avançar sobre Kingston e eu coloquei minha mão em seu peito para impedi-lo.

— Vocês dois podem parar com isso? Somos todos adultos e podemos conversar sem provocar um ao outro.

Eu podia sentir o coração de Nash acelerado contra minha mão e sabia que ele queria fazer qualquer coisa, menos seguir meu conselho. Mas deixá-los brigando neste quarto de hotel não contribuiria em nada para o objetivo aqui, que era descobrir quem estava tentando me sequestrar.

— Primeiro, não falem de mim como se eu não estivesse aqui com vocês dois. Podemos nos concentrar em descobrir quem quer me sequestrar? E por quê?

Isso pareceu esvaziar a raiva de Nash e tirou a expressão do rosto de Kingston. Não sei como eles decidiram que instigar um ao outro era mais importante do que se concentrar em proteger a minha vida.

— O que você descobriu que o fez perceber que eu não estava envolvido, e como isso pode nos levar a descobrir quem está realmente por trás disso?

Kingston encarou Nash antes de olhar para mim.

— É óbvio que quem está fazendo isso tem os meios para contratar alguém para executar todo esse plano, mesmo que a pessoa que foi contratada seja incompetente.

Pensei no que Kingston disse e escolhi minhas palavras com cuidado.

— Então, alguém com dinheiro... pode ser qualquer um. Quem pode dizer que a pessoa não me fez um empréstimo para poder contratar alguém para me sequestrar?

— Isso é um pouco rebuscado, mas se alguém estiver desesperado o suficiente, eu não duvidaria.

Minhas pernas começaram a se mover enquanto tentava processar tudo o que estava sendo dito.

— Até que saibamos, quero um compromisso firme de que vocês dois não me tratarão como uma criança e que eu possa voltar a ter alguma aparência de vida assim que sair deste quarto de hotel. Entenderam?

Os dois homens à minha frente pareceram surpresos com minha explosão. Embora ambos pensassem que tinham meus melhores interesses em mente, eu sempre seria minha melhor defensora.

— Vamos dar uma olhada nisso. Por enquanto, você deve voltar para o apartamento em Nova York até que possamos verificar novamente as coisas na sua casa em Brentson. Podemos nos certificar de que Nash volte para onde quer que ele esteja hospedado.

— Qual é a parte de que eu vou ficar com ela, você não entendeu?

Limpei minha garganta em voz alta.

— Podemos não fazer isso de novo? Não é produtivo.

— Eu vou com ela. — Nash tinha que dar a última palavra.

Kingston soltou um suspiro profundo. Ele estava claramente acima de nossas merdas.

— Tudo bem.

CAPÍTULO 23

RAVEN

Passei o dedo pelo meu celular e observei a tela se iluminar. Finalmente tive tempo de verificar meu celular depois de toda a agitação do dia, pois estávamos saindo de Nova York.

Encontrei meu aplicativo de mensagens de texto e fiquei surpresa por não ter recebido nenhuma mensagem. Izzy teria ficado preocupada, então algo estava acontecendo.

— Kingston, por que não tenho nenhuma mensagem de texto? — Ele havia me dito que Izzy, Lila e Erika estavam seguras e que não tinha nada com que me preocupar em relação a elas porque a equipe dele estava cuidando delas. Só havia dois motivos para Izzy não estar me enviando mensagens. Um deles era se ela achasse que eu estava bem, mas, mesmo assim, ela continuaria a me contatar. A outra era porque ela não tinha acesso ao telefone, o que poderia me levar a pensar que ela poderia estar ferida ou morta.

Kingston olhou para mim pelo espelho retrovisor antes de voltar a se concentrar na estrada à frente.

— Temos respondido a elas em seu nome. Foi uma maneira de manter as suspeitas baixas e, ao mesmo tempo, não deixar ninguém saber onde você estava.

Recostei-me em meu assento e levantei uma sobrancelha. Nossos olhos se encontraram mais uma vez no espelho retrovisor.

— Mas o objetivo era que as pessoas pensassem que eu estava morta para impedir temporariamente que alguém viesse atrás de mim. Se a pessoa que viesse atrás de mim tivesse visto as mensagens de texto, ela saberia que eu estava viva ou que alguém estava com o meu celular. Provavelmente, teriam presumido a primeira opção.

— Se tivessem visto, teriam sido atraídos para uma de minhas propriedades e teriam sido facilmente eliminados. E tenho que discordar de você em uma coisa. Eles provavelmente pensariam que alguém tinha roubado o celular ou algo assim, já que a explosão do carro causou um espetáculo suficiente para que eles se inclinassem para alguém que tivesse roubado o celular em vez de você ainda estar viva. Pelo menos até que o anúncio no baile de gala fosse feito.

A declaração e a finalidade em sua voz me fizeram me calar. Ele fez algumas observações importantes e tinha muito mais experiência do que eu no que se refere a manter as pessoas seguras, então o que mais havia para discutir?

Eu não gostava do que ele ou um membro de sua equipe havia feito, mentindo para Izzy, mas podia ver por que ele havia feito isso.

Li o que a equipe de Kingston havia dito à Izzy antes de começar a escrever uma mensagem para ela.

> Eu: Estou voltando para Brentson agora. Mal posso esperar para ver você!

Quando ela não respondeu à minha mensagem imediatamente, virei-me para olhar pela janela mais próxima de mim. Observar a paisagem passar enquanto dirigíamos de volta para Brentson foi, de certa forma, terapêutico. Era mais uma espécie de volta ao lar, e parecia muito diferente da viagem que fiz de volta à cidade há apenas algumas semanas.

Primeiro, tinha Nash ao meu lado. Da última vez que tentamos entrar em um SUV, nos separamos e o que me levava explodiu. Dessa vez, estávamos sentados lado a lado e Nash segurava minha mão em seu colo. Também parecia que ele estava fazendo isso porque temia que, no momento em que me soltasse, eu desaparecesse.

Em segundo lugar, minhas emoções sobre meu retorno a Brentson foram muito diferentes dessa vez. Eu me senti muito mais tranquila em relação ao meu retorno e estava pronta para voltar a ter alguma semelhança com a vida que eu tinha antes de me esconder por vários dias. Eu havia me estabelecido em uma vida no campus que incluía uma rotina bastante normal como estudante universitária e tudo isso havia sido deixado de lado quando o perigo apareceu mais uma vez. Mas agora, estava determinada a recuperar minha vida de qualquer maneira que pudesse até que quem quisesse me prejudicar deixasse de existir.

Eu sabia que matá-los seria o único resultado disso. Eu tinha plena confiança de que Nash ou Kingston não parariam até que quem organizou isso estivesse morto.

Algumas semanas atrás, provavelmente teria ficado chateada com esse resultado. Mas agora, era o que eles mereciam.

— O que há de errado? — A pergunta de Nash quebrou minha concentração no assunto em questão.

— Nada. Por quê?

— Você apertou sua mão na minha. No que estava pensando?

Parecia que não conseguia mais esconder meus pensamentos.

— Eu só estava pensando em como minha mentalidade mudou em relação a certas coisas.

A confusão nublou brevemente o rosto de Nash.

— Você quer dizer como se manifesta?

Dei de ombros.

— Eu estava pensando mais em matar o idiota que está causando tudo isso. Fiquei tão assustada quando vi você matar Paul, mas agora eu meio que não ligo a mínima.

Tantas emoções cruzaram o rosto de Nash que quase parecia cômico. Ele parecia atônito ao ouvir aquilo sair da minha boca.

Quando ele não disse nada, eu dei uma risada.

— Você está bem? Não estava esperando que eu dissesse isso, não é?

— Não. Nem um pouco.

Meu riso aumentou e observei os lábios de Nash se contraírem.

— Não sei. Parece uma situação do tipo olho por olho e, normalmente, não sou assim, mas me sinto diferente em relação a tudo isso. Já superei e, se isso significa assassinar alguém que tentou me prejudicar, que seja. Quero ter uma vida novamente.

— E eu quero estar envolvido em sua vida, não importa o que aconteça. — Nash pegou minha mão e a levou aos lábios.

Balancei a cabeça com um sorriso no rosto. Ele estava sendo insistente, mas eu não mentiria e diria que não estava gostando. Puxei minha mão de volta quando ele a abaixou e fiz o possível para descansar minha cabeça em seu ombro. Foi mais difícil por causa do cinto de segurança, mas consegui.

— Tenho tanto para compensar. — Ele murmurou as palavras, então não tinha certeza se ele queria que eu as ouvisse ou não.

Mesmo assim, gostei do sentimento. O nervosismo que eu tinha em relação ao retorno ainda existia, mas com Nash ao meu lado, me sentia segura e protegida, algo que sempre esteve em constante mudança desde que minha mãe faleceu.

O resto da viagem de volta a Brentson foi tranquila e eu saí do utilitário esportivo, com a mochila na mão, e fechei os olhos enquanto o ar fresco me recebia. A adrenalina que senti quando o ar fresco tocou minha pele foi incrível. Isso me fez sentir mais viva do que da última vez em que estive nesse mesmo lugar. Em vez de sentir pavor por ter de entrar em um SUV e ser levada a lugares desconhecidos, senti-me feliz por estar em casa mais uma vez. Dei uma olhada ao redor para ver se havia algo fora do comum por perto, mas não notei nada.

Nash deu a volta na traseira do utilitário esportivo e pegou minha mochila. Acenei com a cabeça para Nash antes de me virar para Kingston, que havia me deixado sair do veículo, e disse:

— Acho que isso é um adeus por enquanto.

Ele acenou com a cabeça e disse:

— É, mas manteremos contato. E saiba que há sempre alguém aqui observando você, especialmente até pegarmos o desgraçado que tentou sequestrá-la.

Houve um momento constrangedor em que eu não sabia se deveria estender a mão, dar-lhe um abraço ou agradecê-lo. Quando ele estendeu a mão, fiquei aliviada porque o constrangimento se dissipou.

Apertei sua mão e lhe dei um pequeno sorriso.

— Obrigada por tudo e tenho certeza de que o verei em breve.

Kingston hesitou por um momento e se virou para apertar a mão de Nash também. Notei que ele apertou a mão de Nash com mais força do que o necessário e revirei os olhos. Ele estava levando essa coisa de irmão mais velho um pouco longe demais.

— Ok, chega — eu disse ao dar um passo para trás. — Precisamos entrar e você precisa sair antes que alguém perceba você.

Juntos, Nash e eu nos afastamos do SUV e fomos até a varanda da frente da minha casa no campus. Quando nos viramos, vimos o SUV em que estávamos saindo do meio-fio e indo embora pela rua.

— Você pode se virar para que eu possa olhar na minha mochila?

Nash fez o que eu pedi e eu procurei minhas chaves. Depois de tê-las em mãos, abri a porta da frente e Nash e eu entramos na casa. Fiquei feliz em ver que nada havia mudado desde que eu tinha partido. Não que devesse ter mudado, porque eu não tinha ido há muito tempo, mas estaria mentindo se dissesse que não tinha pensado que as coisas poderiam ter mudado, como senti quando voltei para Brentson pela primeira vez em dois anos.

Encontrei Izzy no sofá em seu laptop. Ela olhou para cima quando me viu no corredor.

— Ei! Aí está você! Acabei de ver a sua mensagem.

Izzy colocou o laptop na almofada ao lado dela e se levantou. Então, ela veio em minha direção, quase a toda velocidade, e me preparei para o impacto. Ela jogou os braços em volta de mim e me deu um grande abraço. Quando nos separamos, ela se afastou e olhou para Nash.

— Pare de ficar com ela só para você. Ela precisa ir para a aula e sair com a gente também.

Levei um momento para entender o que estava acontecendo. A pessoa que enviou as mensagens de texto para Izzy deve ter inventado algo sobre Nash me levar a algum lugar como desculpa para explicar por que não estava aqui ou respondia às minhas mensagens de texto ou telefone regularmente.

Nash me aconchegou ao seu lado e disse:

— Estou recuperando o tempo perdido.

Izzy sorriu para nós dois.

— Sabe, desde que Raven voltou, eu não era muito fã de você por causa do babaca que você se tornou, mas talvez estivesse errada.

— E nós dois sabemos o quanto foi difícil para você admitir isso — eu disse de forma provocante.

Foi a vez de Izzy revirar os olhos para mim.

— Você sabe por que eu não gostava dele, então nada disso é novidade para você.

Ela tinha razão. Eu sabia por que ela não gostava de Nash e a maior parte disso tinha a ver comigo.

— Ainda não gosto de como você tentou manipulá-la na noite em que ela estava dançando com Landon na festa da fraternidade.

O comportamento de Nash mudou em um piscar de olhos. Ele ficou imediatamente tenso, e eu sabia que era porque ela havia mencionado o nome de Landon.

— Não vou me desculpar por nada do que fiz naquela noite.

Eu não sabia o que Izzy estava esperando, mas era óbvio que ela não esperava que ele dissesse aquilo. Seus olhos se arregalaram de surpresa antes de se estreitarem.

Afastei-me de Nash por um momento.

— Tudo bem, já cansei de ficar entre pessoas discutindo sobre mim hoje, então podemos resolver isso em outro momento?

— Tudo bem. Só estou feliz por você ter voltado. Lila, Erika e eu sentimos sua falta.

Ela me deu um abraço ainda maior dessa vez e eu a apertei com a mesma força que ela me apertou.

— E eu também senti falta de todas vocês.

CAPÍTULO 24
NASH

— O que há de errado?
— Não há nada de errado, Nash.
Deixei sua resposta pairar no ar por um momento antes de pronunciar outra palavra.
— Eu não acredito em você.
Raven se mexeu, fazendo com que meu braço caísse até a cintura dela antes de dizer:
— Estou sentada aqui, curtindo uma noite tranquila com você. O que lhe deu a impressão de que havia algo errado?
Olhei para o topo da cabeça de Raven antes de voltar a olhar para a televisão à nossa frente. Ela estava deitada no meu peito enquanto assistíamos a um programa de televisão no qual acho que nenhum de nós estava realmente concentrado. Em vez disso, acabou sendo um ruído de fundo que nos deu algo para ouvir enquanto relaxávamos.
Passaram-se alguns dias desde que chegamos a Brentson e rapidamente entramos em uma rotina de alternar a casa em que estávamos hospedados. Hoje à noite estávamos na minha casa e passávamos um tempo de qualidade juntos, onde era menos provável que fôssemos incomodados. Não que me importasse com suas colegas de quarto, mas também gostava de tê-la só para mim, embora temporariamente.
— Porque você está quieta. Tem algo em mente e quero saber no que está pensando.
Raven suspirou.
— Estou pensando em nós, ok?
Eu sabia que algo estava acontecendo e fiquei feliz por tê-la pressionado. Eu estava tentando ser o mais compreensivo possível e estava esperando que ela me contasse o que a estava incomodando. Mas já estava farto e decidi que uma tática diferente poderia funcionar nesse cenário.
— E quanto a nós?
— Você vai ao menos se preparar?

— Preparar para quê?

Raven se moveu para que pudesse se sentar sozinha e olhar diretamente para mim.

— Para as coisas dos Chevaliers.

Eu não disse a ela exatamente o que minha última tarefa implicaria porque não tinha certeza. Imaginei que seria uma espécie de questionário para testar nosso conhecimento sobre os Chevaliers e sua história. Eu estava confiante no que sabia sobre a sociedade. Era agora ou nunca, e estava pronto para acabar logo com isso.

— Se eu não tiver me preparado até agora, será inútil. Minha tarefa final é daqui a algumas horas.

— Ok... — Sua voz se arrastou como se ela tivesse desistido de me questionar.

— Estou me preparando há anos para este momento. — Parte de mim queria guardar isso para mim, mas as palavras simplesmente saíram de minha boca. Ela não sabia tudo sobre os Chevaliers, mas estava feliz em compartilhar isso com ela. Era algo que muitas pessoas fora dos Chevaliers não sabiam. O tempo e o esforço necessários para equilibrar a tentativa de chegar a uma posição de liderança na sociedade secreta, o futebol e meus trabalhos escolares eram muito grandes. Embora não pudesse contar tudo a ela, gostava de poder pelo menos admitir isso.

Raven acenou com a cabeça.

— Eu achava que sim, mas você parece ser bastante ambivalente em relação a tudo isso.

— Eu percebi que havia coisas mais importantes na vida. Isso não quer dizer que eu não queira ter sucesso com os Chevaliers, mas minhas prioridades mudaram consideravelmente.

— Nash, do que você está falando?

Meu olhar não se desviou do dela porque ela sabia do que eu estava falando. Houve momentos ao longo dos últimos dias em que pude sentir um pouco de sua hesitação, inclusive alguns momentos atrás. O que eu queria que ela soubesse é que sempre estaria ao seu lado, não importa o que acontecesse. Quando ela saiu de Brentson, ainda estava sempre em minha mente. Quando pensei que ela estava morta, estava determinado a fazer qualquer coisa que estivesse ao meu alcance para vingar sua morte. Durante todo esse tempo, ela permaneceu em minha mente.

E em meu coração.

— Estar com você sempre foi a melhor coisa para mim. Eu iria até os confins do mundo para garantir que você fosse feliz. E qualquer um que a faça sentir qualquer dor ou vergonha terá de lidar com todo o inferno que eu traria para ele. Não vou parar por nada para garantir que você se sinta segura em todos os aspectos de sua vida.

— Não é o seu trabalho...

Virei meu corpo completamente em direção a ela e lutei contra a vontade de bater com o punho na mesa. Em vez disso, respirei fundo para me acalmar, porque era óbvio para mim que ela não entendia. E eu sabia que merecia uma parcela justa de culpa, especialmente pela forma como a tratei quando ela voltou para Brentson.

— O diabo é que não é. Você teve que lidar com tragédia após tragédia sozinha. Merece ter alguém que possa suportar parte do seu estresse, e eu prometo assumir isso. Mesmo quando achava que te odiava, eu teria feito qualquer coisa por você. É por isso que ficar longe de você estava fora de questão, mesmo quando fazia mais sentido.

Sua boca se abriu e depois se fechou. Quando ela o fez novamente, confirmei comigo mesmo que a havia deixado em silêncio, e não consegui mais esconder meu sorriso. Ela não respondeu e eu gostei da emoção que senti com isso.

Minha mão roçou sua bochecha e gostei da sensação da minha pele na dela. Virei minha mão para que pudesse acariciar sua bochecha e ela se inclinou para o meu toque. Dei-lhe um beijo carinhoso nos lábios, que terminou com um sorriso de ambos.

Ela se acomodou de volta em meu peito e perguntou:

— Você acha que Landon estará lá?

Sua pergunta quase arruinou o bom humor em que eu estava. Quase. Fiquei orgulhoso de mim mesmo por controlar a vontade de rosnar.

— Pode ser que ele esteja, mas não importa se ele estiver lá ou não. O resultado ainda será o mesmo.

— Você vai vencê-lo?

— Sem a menor dúvida.

Minha autoconfiança fez Raven dar uma risadinha, mas estava falando sério. Ele não tinha a menor chance contra mim, mas dado seu status de membro da Cross Sentinel, parte de mim se perguntava se ele estaria lá esta noite. Fazia algum sentido ele estar lá? Para começar, qual era o objetivo de ele fazer tudo isso?

Isso me fez pensar no quanto eu realmente sabia sobre Landon Brennan, e percebi que não era muito. Mas, novamente, não era como se nada disso importasse no final das contas. Tudo o que importava era completar o próximo objetivo.

Meu celular vibrou na mesa de centro, e eu o peguei. Encontrei uma mensagem de texto esperando por mim e, quando a li, meus olhos se estreitaram.

> Tomas: Houve uma mudança no local da tarefa de hoje à noite. Você deve comparecer ao seguinte endereço.

O endereço que estava listado na mensagem de texto seguinte não fazia o menor sentido.

— O que há de errado?

Minha mudança de expressão deve ter alertado Raven.

— Houve uma mudança de local para a tarefa de hoje à noite. Pensei que seria na Mansão Chevalier, mas agora é em um endereço que não reconheço de cabeça.

— Vamos dar uma olhada para ver se reconhecemos algo ao redor?

Eu já estava um passo à frente dela quando cliquei no endereço e vi meu aplicativo de mapas me mostrar a localização. Parecia não haver nada lá, mas, assim como a cabana que eu possuía, poderia haver uma residência lá que não tivesse sido colocada no mapa. Era potencialmente remoto o suficiente para que fosse esse o caso. Mostrei a Raven meu celular para que ela pudesse ver onde estava no mapa, e ela balançou a cabeça.

— Não sei onde fica isso.

Imaginei que a chance de ela saber essa localização era baixa. Movimentei o mapa antes de dizer:

— Talvez seja em algum lugar perto da estrada que pegamos quando vamos para a cabana, mas, fora isso, não tenho certeza. Nunca dirigi por ali.

— Não estou gostando disso — murmurou Raven. — Alguma coisa não parece certa.

Não me dei ao trabalho de tentar tranquilizá-la, pois me sentia da mesma forma.

— O que faria você se sentir melhor sobre isso?

— Se eu tivesse alguma forma de entrar em contato com você para ter certeza de que está bem.

Pensei sobre isso por um momento.

— Que tal se eu lhe enviar uma mensagem de texto quando chegar lá e avisar que parece estar tudo bem?

Raven assentiu lentamente com a cabeça, como se não confiasse no que eu estava dizendo, mas não se opôs ao meu plano.

Embora eu não tenha dito isso a Raven, essa mudança de planos me deixou intrigado. Será que a mudança de local era para despistar todo mundo?

Que pena, isso não funcionaria, pelo menos no que diz respeito a mim. Eu estava determinado a que os testes da Chevalier terminassem esta noite e que eu estivesse no topo. Olhei novamente para o meu celular e vi que tinha 45 minutos antes de chegar ao novo local.

Estava na hora.

CAPÍTULO 25
NASH

A lua me guiou enquanto eu passava pela estrada deserta. Meu destino não estava exatamente claro, mas pelo menos havia mais luz do que eu imaginava. Quanto mais me aproximava do endereço que me havia sido enviado, mais sentia que algo estava errado. Mas verifiquei e depois verifiquei novamente o endereço e era aquele que Tomas havia me fornecido na mensagem de texto que ele enviou.

Ainda assim, estava confuso com o fato de isso estar acontecendo no meio do nada, mas não foi a coisa mais estranha que fiz como Chevalier. Nem de longe.

Demorou mais alguns minutos, mas logo estava parando meu carro esportivo em frente a uma cabana que lembrava a que o meu avô possuía antes de Bianca e eu a herdarmos. Peguei meu celular e notei que ele oscilava entre uma barra de serviço e nenhuma. Não era de surpreender, considerando o local onde estava, mas também me perguntei se isso havia sido feito de propósito.

O que também foi estranho foi o fato de não ter visto nenhum outro carro por perto. Normalmente, havia pelo menos alguma atividade, mas isso parecia diferente. Era estranho, mas estava tão preparado quanto poderia estar. A única coisa pela qual eu estava me arrependendo era de não ter trazido uma arma, porque tudo isso me deixava preocupado.

Mas se essa era para ser a última tarefa, então que fosse.

Quando desliguei o carro, pensei que estaria cercado pela escuridão, mas a lua ajudou muito. Ela estava excepcionalmente brilhante a ponto de proporcionar um brilho que me permitiu enxergar sem precisar usar a lanterna do meu celular. Acessei meu aplicativo de mensagens e digitei uma mensagem rápida para Raven.

> Eu: Consegui, mas não tenho certeza sobre nada disso. Acho que não tem ninguém aqui, mas vou mandar uma mensagem para você em alguns minutos para confirmar.

Eu não poderia enviar uma mensagem de texto para ela enquanto estivesse fazendo a tarefa, mas teria tempo de fazer isso antes de qualquer coisa começar. O grande debate sobre se meu celular enviaria a mensagem começou.

Quando saí do carro, fiz questão de dar uma olhada na periferia da casa. Pelo que pude ver, ela estava deserta, exatamente como eu suspeitava. Como ninguém estava aqui para me cumprimentar, nem os outros candidatos à presidência do Chevalier, tive a sensação de que estava entrando em uma armadilha, mas me recusei a voltar atrás.

Alguém obviamente queria me pegar sozinho e agora tinha a oportunidade. Se isso significasse acabar com toda essa merda, que assim fosse.

Em vez de ir direto para a casa, caminhei lentamente pela floresta na esperança de me esconder um pouco. Arrependi-me de ter dirigido até a cabana em vez de estacionar mais longe para esconder que estava na área. Quem quer que quisesse que eu viesse até aqui veria meu carro, mas esperava que não soubesse onde eu estava. Tentei ficar o mais quieto possível para ver ou ouvir se alguém estava perto de mim. Em vez de ir até a varanda da frente, achei que a melhor abordagem seria dar a volta pelos fundos.

Andei pela periferia da casa, mas nada parecia fora do comum além do fato de a propriedade estar abandonada. Era óbvio que a área era bem cuidada, apesar de não haver ninguém aqui, então não ficaria surpreso se os Chevaliers fossem os donos dessa propriedade, mas ainda assim não conseguia afastar a sensação de que algo estava errado.

Quando cheguei aos fundos da casa, vi que havia uma pequena luz acesa ali. Ou alguém a deixou acesa e depois saiu, ou outra pessoa estava aqui.

Parei para ver se conseguia ouvir alguma coisa ao longe, mas não ouvi nada. Os cabelos da minha nuca se arrepiaram. Eu sabia que estava sendo observado.

Ajustei meu corpo em preparação para que algo saísse e me atacasse. Olhei para baixo e notei que, pelo que pude ver, não havia nenhum fio em que eu pudesse tropeçar para alertar alguém de que eu estava ali.

— Olá, Henson.

Não tentei pensar se reconhecia quem estava falando ou não. Eu me virei, preparado para lutar com quem quer que estivesse atrás de mim, mas nada aconteceu.

Em vez disso, encontrei Tomas parado ali com uma arma apontada para mim. Eu não esperava que a pessoa estivesse segurando uma arma.

Fiquei olhando para ele por um momento, esperando que fosse uma brincadeira de mau gosto, mas nada em seu rosto indicava que aquilo era um jogo. Levantei lentamente as mãos, mostrando que não tinha nada nelas e perguntei:

— Não há uma tarefa de presidência da Chevalier hoje à noite, há?

— Lamento informar que não há. Entregue o seu celular.

Pensei em discutir com ele, mas a arma apontada para o meu rosto me fez parar. Não seria a coisa mais inteligente que já havia feito. Mas, diabos, será que vir a este lugar quando suspeitava que algo estava acontecendo era inteligente?

Entregar o meu celular a Tomas era provavelmente a pior coisa que poderia fazer naquele momento. Lembrei-me de que não mandei uma mensagem de volta para Raven, como disse que faria. No fundo, esperava que isso a alertasse de que algo estava errado, mas também não sabia se ela tinha recebido minha primeira mensagem.

Que droga.

No entanto, não podia ficar pensando nisso. Meu foco precisava estar em Tomas e tirar a arma dele. Decidi fazer o possível para distraí-lo da preocupação com meu telefone.

— Não sei por que você está fazendo isso, mas não precisa acontecer. Você não precisa jogar toda a sua vida fora por causa disso.

— É engraçado, porque essa é a única coisa que me faria sentir mais vivo do que qualquer outra coisa que já fiz em toda a minha vida, inclusive me tornar um Chevalier. Dê meia-volta e entre na cabana.

— Vou esquecer que tudo isso está acontecendo se você me deixar voltar para o meu carro e ir embora.

— Cale a boca e suba as escadas.

Por enquanto, parecia que ele tinha se esquecido de que havia pedido meu celular. Eu esperava que ninguém tentasse me enviar mensagens de texto ou ligar para mim, pois ele poderia ouvir o celular vibrar e então se lembrar do que havia pedido.

Olhei brevemente para trás antes de dar um passo para subir a escada e depois outro. Recusei-me a me virar completamente, se pudesse evitar, porque não queria ficar de costas para ele, já que ele estava armado. A necessidade de saber onde ele estava o tempo todo superou o desconforto de andar para trás.

Tomas me seguiu, ficando um pouco perto demais para o meu conforto, e quando cheguei à porta dos fundos da cabana, ele me contornou para abri-la. Ele abriu a porta com um empurrão e apontou a arma, fazendo um gesto para que eu entrasse primeiro. Fiz o que ele queria porque não queria irritá-lo ainda mais.

Quando Tomas fechou a porta atrás de si, aproveitei a oportunidade para fazer a pergunta que estava em minha mente desde que tudo isso começou.

— Por que você está fazendo tudo isso? Qual é o objetivo?

Tomas levantou uma sobrancelha para mim.

— Você é mesmo tão sem noção assim?

— Não faço ideia do que você está falando.

Tomas olhou para mim. Acho que em uma tentativa de me intimidar a admitir que eu sabia mais, mas não reagi.

— Ou você é o melhor ator de todos os tempos ou você realmente não sabe.

Eu não sabia se o fato de ele ter percebido isso me daria algum ponto positivo, mas não podia negar que estava feliz pelo fato de o cara que estava armado ter se acalmado, mesmo que ligeiramente.

— Não sei a que você está se referindo, Tomas. — Eu esperava que minhas palavras o tranquilizassem ainda mais de que eu não era o inimigo, embora ele claramente pensasse que eu era.

— Seu pai.

Eu não sabia o que estava esperando que ele dissesse, mas não era isso. Eu achava que o motivo pelo qual ele estava me apontando uma arma era algo que eu havia feito.

— O que ele fez?

— Matou a minha irmã mais velha.

Não havia nada que eu pudesse fazer para impedir que minha boca se abrisse diante daquela notícia. Meu pai era uma escória, mas fiquei surpreso ao saber que ele tinha algo a ver com a morte de outro membro da família Chevalier. Eu havia presumido que, como eu, ele havia matado alguém para se tornar um Chevalier, mas isso era diferente.

— Matou sua irmã? Ele fez o quê?

Tomas acenou com a cabeça furiosamente.

— Ele a matou e agora eu quero que ele sinta o mesmo tipo de dor que eu sinto todo santo dia.

Tentei manter meu rosto impassível enquanto meu coração estava acelerado. A confissão dele tinha atrapalhado meu plano de sair daqui, mas manter a cabeça fria e sair vivo ainda eram as coisas mais importantes que eu precisava fazer.

Respirei fundo para acalmar meu coração acelerado e perguntei:

— O que aconteceu?

Tomas olhou para mim antes de voltar a olhar para o fogo.

— Minha irmã foi uma das mulheres que seu pai chamou por meio da conexão dele com Kiki Hastings. Não era algo que queria que ela fizesse, mas ela estava determinada e não havia nada que eu pudesse fazer para impedi-la.

Assenti com a cabeça, tentando simpatizar com ele, mas também procurando uma oportunidade de ultrapassá-lo e tirar a arma que ele estava segurando de sua mão.

— Mas como ele a matou?

— Na verdade, ele não puxou o gatilho, mas foi o último a vê-la viva.

Inclinei minha cabeça para o lado enquanto repetia o que ele disse em meu cérebro.

— Como você sabe que ele foi o último a vê-la?

— Kiki me contou pouco antes de ela ser morta. Eu venho planejando isso desde então.

Eu sabia algumas coisas sobre Kiki Hastings, mas não muito. Eu me lembrava vagamente de ter ouvido falar da morte de Kiki, e não tinha sido há muito tempo, mas, para ser sincero, não a conhecia bem o suficiente para me sentir firme em relação a isso, de uma forma ou de outra.

— E por causa disso, você decidiu vingar a morte de sua irmã vindo atrás de mim?

— Sim. Você sabe quem mais estava envolvido com Kiki? Sua cadela.

— Não ouse se referir a ela dessa forma. — Eu sabia que não era sensato irritá-lo, mas não me importava. Eu me recusava a ouvir qualquer calúnia quando se tratava de Raven e se ele quisesse me matar por causa disso, que assim fosse.

O sorriso de Tomas fez minha pele arrepiar e eu queria atacá-lo, mas sabia que não era assim. Eu precisava mantê-lo falando para que ele admitisse tudo e eu tivesse todas as respostas que queria.

— O que Raven tem a ver com tudo isso?

Tomas se encostou na lareira e disse:

— Foi uma coincidência o fato de ela ter sido trazida de volta para cá quando foi. Eu não tive nada a ver com isso, mas fiquei grato, mesmo assim, especialmente quando fiz minha pesquisa sobre o quanto ela o machucou. Foi fácil perceber que você ainda estava preso a ela e queria magoar seu pai como ele me magoou. Então, meu plano era sequestrar e matar Raven, o que faria com que você se esforçasse ao máximo para caçar quem a matou, e então eu mataria você e entregaria seu corpo ao seu pai pessoalmente porque, nesse momento, me sentiria vingado e realmente não me importaria mais com o mundo porque minha missão estava cumprida. Mas Paul fez merda e foi pego, então tive de me reajustar.

— Então você contratou Paul, o cara que tentou sequestrar Raven?

Tomas assentiu com a cabeça.

— Eu tive que enganá-lo quando cheguei e vi seu trabalho e agi como se estivesse vendo Paul pela primeira vez. Quando você o descobriu, ele se tornou uma responsabilidade que eu não podia arriscar. Eu deveria estar lhe agradecendo por cuidar disso.

— De nada — eu disse sarcasticamente. — O que eu não entendo é por que você não foi atrás do meu pai em vez de vir atrás de mim?

— Você não é tão inteligente, é?

Olhei de relance para a arma antes de decidir concentrar toda a minha atenção em Tomas.

— Acho que não.

Tomas levantou a mão como se fosse me acertar com a arma, e eu estava preparado para arrancá-la dele se tentasse bater com ela na minha cabeça. Mas ele não fez isso.

Rapidamente, ele assumiu o controle de suas emoções e abaixou as mãos. Foi quase como se um interruptor de luz tivesse sido ligado e ele voltou ao seu comportamento calmo e frio.

— Eu queria que vocês dois sofressem. O sofrimento de vocês o machucaria e, quando eu finalmente os matasse, seria como se ele estivesse à beira da morte, mas ainda estivesse vivo, tendo que viver o trauma de perder o filho todos os dias. E eu teria aproveitado cada minuto disso.

Quando houve um clarão de luz na janela, a atenção de Tomas se desviou temporariamente de mim e foi em direção à fonte. Eu sabia que aquela era a minha oportunidade de reagir, e foi o que fiz. Sem formular um plano completo, eu o derrubei no chão e a arma saiu voando de sua mão.

Dei um soco em seu nariz e o ouvi uivar de dor. Quando estava me preparando para atacá-lo novamente, ele me deu uma cabeçada. A dor irradiou pelo meu crânio e me derrubou.

No tempo que levei para me recuperar, Tomas ganhou vantagem e bateu com o punho em meu estômago, forçando-me a dobrar de dor. Levei um segundo para me recuperar antes de começarmos a trocar golpes. Lutar com ele provou ser difícil porque tínhamos treinamento semelhante. Não seria fácil vencê-lo, mas estava mais do que disposto a encarar o desafio.

Tomas me jogou de cima dele e depois se sentou. Enquanto eu tentava recuperar o fôlego, observei como ele olhava ao redor da sala. Provavelmente estava tentando encontrar sua arma e sabia que não poderia deixá-lo pegá-la de jeito nenhum. Se ele a pegasse, eu sabia que ele não teria problemas em puxar o gatilho.

Eu me esforcei para me levantar e o vi tentando fazer o mesmo. Eu me esforcei e acabei me levantando primeiro. A adrenalina percorreu meu corpo enquanto eu corria até ele e o agarrava pelos cabelos. Puxei-o para trás com toda a força que pude e, antes que ele pudesse reagir, dei outro soco em seu rosto. Ele uivou de agonia, e não podia negar que adorei o som.

Soltei sua cabeça e caminhei ao redor dele, ouvindo-a bater contra o chão, mas não me preocupei em olhar para trás. Os gemidos que saíram de seus lábios me disseram que ele ainda estava vivo, que era o que eu queria. Peguei a arma e coloquei a trava de segurança antes de tirar as balas.

— Armas não fazem muito o meu estilo — disse enquanto colocava a arma sobre a lareira. Passei a mão em meu lábio e encontrei sangue nas costas da mão. Ele também pagaria por isso.

Olhei para a esquerda e encontrei algo que não esperava, mas que me deixou feliz, mesmo assim. Um pequeno sorriso surgiu em meu rosto quando os pensamentos sobre o que poderia fazer com ele passaram por minha mente. Eu me abaixei para pegá-lo quando Tomas gemeu novamente.

— Sabe, disse que teria esquecido tudo isso se você tivesse me deixado ir embora. Mas agora estou me sentindo... vingativo.

Eu me virei e mostrei a ele o que eu tinha em minhas mãos. Os olhos de Tomas se arregalaram e não consegui esconder meu sorriso. Bati com o cabo na palma da minha mão.

— Veja, não queria que nada disso acontecesse...

Bufei.

— Não, você não pensou que estaria na posição em que eu estaria no controle. Esconder-se atrás daquela arma fez um estrago em você. Você deveria ter seguido nosso treinamento ou me matado lá na frente quando teve a chance. A arrogância é uma droga e tanto, não é?

Tomas ergueu a mão, praticamente na mesma posição em que eu estava quando ele me abordou com a arma.

— Nada disso é necessário, Nash.

— Ah, agora é Nash em vez de Henson. Isso é adorável.

Levantei o machado e o golpeei, atingindo-o na perna. Se eu achava que ele tinha gritado alto antes, não era páreo para o grito que ele tinha acabado de soltar. Eu sorri enquanto girava novamente, atingindo-o na outra perna. A emoção que me percorreu foi semelhante à que eu sentia no campo de futebol americano sempre que jogava a bola e um dos rapazes acabava na zona final para um *touchdown*.

Vê-lo sentindo dor foi emocionante quando eu o golpeei novamente. Toda a merda que ele causou a Raven e a mim por causa do meu pai era indesculpável, embora soubesse que meu pai era um pedaço de merda. Se ele queria ir atrás de alguém, deveria ter sido do meu pai e somente do meu pai.

— Nash!

Parei no meio do caminho e olhei por cima do ombro.

Olhei para cima e vi quem estava atrás de mim, mas tudo o que pude fazer foi acenar com a cabeça. Não consegui recuperar o fôlego rápido o suficiente para cumprimentar Raven e Kingston quando vi que eles estavam ali. Raven veio correndo até mim, seus olhos e mãos percorrendo cada centímetro da minha pele para se certificar de que eu estava bem.

— Nós vamos lidar com ele agora.

Mas ela e Kingston não estavam sozinhos. A eles se juntou Parker Townsend, não apenas o líder da seção dos Chevaliers da cidade de Nova York, mas provavelmente um dos integrantes mais importantes atualmente. Muito do que os Chevaliers decidiram fazer e seus objetivos foram sugeridos pelo capítulo da cidade de Nova York e foi apenas uma questão de tempo até que ele acabasse dirigindo toda a organização. Eu não esperava vê-lo aqui esta noite.

— Quanto tempo vocês ficaram aí parados?

— Tempo o suficiente — respondeu Kingston por todos.

Meus olhos se moveram de Kingston para Parker e, finalmente, para Raven.

— Vocês todos poderiam ter me impedido de tentar matá-lo.

— Mas nós não o fizemos — disse Parker. — Deixamos que continuasse porque isso era justiça sendo feita.

— Ele culpa meu pai pela morte da irmã dele.

— A irmã de Tomas estava passando por muita coisa e tinha um monte de demônios contra os quais lutava. Até onde sabemos, ela conhecia seu pai por causa da tendência dele de procurar companhia por meio de Kiki Hastings.

Raven estremeceu quando Parker disse o nome dela, confirmando para mim que era a mulher com quem ela havia se encontrado quando estava pensando em se tornar uma acompanhante.

— Seria difícil dizer que seu pai foi o motivo pelo qual ela se matou, mesmo que ele tenha sido a última pessoa que ela viu.

— Você sabia sobre as circunstâncias da morte dela?

Parker assentiu com a cabeça.

— Eu sabia. O que eu não sabia era que Tomas estava planejando tudo isso, mas ele terá que responder por isso agora que você se conteve e não o matou.

Eu queria matá-lo e ver como a vida deixava seu corpo, mas essa seria a saída mais fácil para ele. Ele merecia sofrer pelo resto de sua maldita vida e, se espancá-lo e torturá-lo até quase perder a vida o levaria a isso, que assim fosse.

— Nash?

Olhei para Parker antes de colocar Raven ao meu lado. Ela estava com os braços em volta do meu corpo, fazendo o possível para me apoiar de todas as formas possíveis.

— Parabéns por se tornar o próximo presidente dos Chevaliers da Universidade de Brentson.

O ar saiu de meus pulmões com sua declaração. Com tudo o que estava acontecendo, essa era a última coisa que eu esperava.

— Mas como?

Parker deu um passo em minha direção.

— Ficou claro desde o início que era você quem estava destinado a esse trabalho, e era o que eu esperava o tempo todo, e foi por isso que atraí Raven de volta para cá. Foi um teste para ver como você reagiria e estou orgulhoso do que você fez, mesmo que não tenha sido o mais... ortodoxo.

Olhei de relance para Tomas, que ainda estava se debatendo no chão com dor, antes de voltar a olhar para Parker.

— Bem, acho que tudo o que posso dizer é obrigado.

— Você não parece muito entusiasmado com isso.

— Foi inesperado, e eu entrei nesse "desafio" sem me importar muito, pois achei que poderia ter a oportunidade de pegar quem estava tentando machucar Raven. Essa era a única coisa que importava para mim.

— Vou ignorar o fato de que você acabou de dizer a um de seus superiores que não se importa com a organização da qual faz parte.

Meus olhos se arregalaram de surpresa.

— Não, estou feliz por ter essa oportunidade de...

— Não se preocupe com isso. Eu entendo a posição em que você se encontra e porque se sente assim. Nada disso o impedirá de assumir a presidência, a menos que decida não aceitar.

Olhei para Raven e ela me deu um sorriso largo. Em seguida, olhei de volta para o presidente Townsend e disse:

— Eu aceito.

— Ótimo. Agora deve chegar gente a qualquer momento para buscar Tomas e limpar essa bagunça. Afinal de contas, é propriedade dos Chevaliers. — Ele olhou para Tomas, que ainda estava definhando no chão. — Ele terá que responder por mais do que apenas as coisas que ele planejou contra você.

Quando ele e Kingston se viraram para ir embora, um pensamento surgiu em minha cabeça.

— Presidente Townsend?

Ele se virou para olhar para mim e Kingston fez o mesmo.

— Você estava enviando mensagens de texto de um número desconhecido para mim?

Parker pareceu confuso por um instante.

— Não. Por que eu faria isso? Tenho coisas mais importantes para fazer.

— Isso não significa que você não poderia contratar alguém para fazer isso.

— Nash. — A maneira como Kingston disse meu nome tinha um leve aviso. Parecia que, desta vez, eu estava andando em uma linha tênue, mas não me importei.

Mas Kingston não tinha autoridade sobre mim. Sim, ele era um Chevalier poderoso, mas era o presidente agora e o número de fodas que eu tinha no momento era zero. Eu tinha acabado de lutar por minha vida e vencido. Agora queria respostas.

— Estou apenas tentando descobrir a verdade. Recebi algumas mensagens de texto e não sei quem diabos as está enviando.

Como se o remetente de alguma forma soubesse que eu estava falando sobre as mensagens, meu celular vibrou.

> **Número desconhecido:** Nada sobre esta noite é o que você pensa que é. Vá com cuidado.

Aquela mensagem de texto não serviu para muita coisa agora, mas deixou outra pergunta sem resposta. Quem diabos estava enviando essas mensagens de texto?

CAPÍTULO 26
RAVEN

Fechei meu livro com um baque retumbante e estiquei os braços acima da cabeça. Eu já havia terminado de estudar e estava na hora de voltar para casa.

Uma rápida olhada no meu celular mostrou que já era tarde e que a biblioteca fecharia em breve. Suspeitei que não havia muitas pessoas aqui e que eu deveria voltar para casa logo.

Guardei todas as minhas coisas. Tudo o que restava eram alguns livros que precisava levar para a recepção porque não iria retirá-los. Levantei-me e me alonguei, deixando meu corpo sentir a alegria de não precisar mais ficar sentada.

Peguei meu celular novamente para ver se tinha recebido uma mensagem de texto de Nash. Fazia um tempo que eu não tinha notícias dele. Quando não encontrei nada dele, guardei o celular na bolsa com um suspiro. Não pude deixar de me sentir desanimada.

Ele estava ocupado com uma reunião do Chevalier hoje à noite, como novo presidente, e não tinha notícias dele há algumas horas. Com Tomas agora preso sabe-se lá onde, me sentia mais segura, mas também me vi passando menos tempo com meu namorado e isso era péssimo. Eu ficaria mais feliz quando a temporada de futebol americano universitário terminasse, porque ele estaria menos ocupado com isso e sua agenda ficaria consideravelmente mais livre.

Alisei a saia preta que decidi usar hoje e peguei os livros. Mas não cheguei a tocá-los.

Algo me agarrou pela cintura e cobriu minha boca antes que eu pudesse gritar. A pessoa me puxou para longe da mesa onde eu estava estudando e para uma fileira cheia de livros. Rapidamente perdi de vista a escrivaninha e minha mochila enquanto tentava lutar contra a força que a pessoa tinha sobre mim.

O agressor se inclinou em meu ouvido e disse:

— Oi, passarinho.

Relaxei visivelmente quando reconheci a voz. Parte de mim queria se virar e empurrá-lo por ter me assustado tanto, mas também não podia mentir e dizer que não estava excitada com o que ele tinha acabado de fazer.

— Se eu tirar minha mão, você promete não gritar?

Acenei rapidamente com a cabeça e ele soltou lentamente o aperto em minha boca, mas não cedeu um centímetro quando se tratou do braço que envolvia minha cintura. Ele mordiscou minha orelha, e eu estremeci.

— Não deveríamos estar fazendo isso aqui.

— Quando foi que isso nos impediu? Você vestiu isso para mim? — A voz de Nash era baixa, enquanto a mão que estava segurando minha boca se aproximava da minha saia. Ele passou os dedos pela meia-calça que eu usava antes de voltar para a saia.

— Não fiz isso porque não sabia se veria você hoje à noite — disse, pouco acima de um sussurro.

Embora suspeitasse que a biblioteca estivesse quase vazia, eu também não queria que fôssemos pegos. A probabilidade de isso acontecer aumentaria significativamente quanto mais nos aproximássemos do horário de fechamento, porque os alunos que trabalhavam no turno da noite viriam para se certificar de que a biblioteca estava vazia antes de fechar tudo.

— Bem, então não me sinto tão mal pelo que estou prestes a fazer.

Nash afrouxou o aperto que tinha em minha cintura e me virou para que eu ficasse de frente para a estante. Com as duas mãos agora disponíveis, ele tinha rédea solta para explorar cada centímetro de mim e agiu como se não tivesse tempo a perder.

Suas mãos voltaram imediatamente para a saia e a levantaram. Minha bunda teria ficado exposta se não fosse pela meia-calça que havia decidido usar para proteger minha pele do clima mais frio que se abateu sobre Brentson. Ele agarrou, massageou e deu tapas na minha bunda, fazendo com que eu ficasse mais molhada a cada segundo. Nash sabia exatamente o que estava fazendo e me tinha exatamente onde queria.

Eu senti antes de ouvir. O som da minha meia-calça rasgando encheu o ar e cobri minha boca para esconder meu choque. Eu tinha a sensação de que ele poderia tentar algo assim quando me virou, mas não tinha ideia de que ele agiria assim.

Eu deveria saber que não deveria subestimá-lo.

Lembrei-me brevemente de quando ele me levou para a varanda e transamos logo acima da festa que seus pais deram na mansão. Naquela ocasião, ele havia ameaçado rasgar o meu vestido e agora ele estava fazendo algo totalmente diferente.

Sua mão se moveu para virar meu rosto para o lado, de modo que ele pudesse beijar meus lábios com força. Quando nos separamos, seus olhos azuis alcançaram os meus e eu engoli com força enquanto tentava me preparar para o que viria a seguir.

Ele depositou outro beijo forte em meus lábios enquanto seus dedos decidiam que o melhor curso de ação era brincar no buraco que acabara de criar. Será que ele me compraria outro par de meias-calças depois que tudo isso acabasse? Sim, mas, no momento, não estava nem aí para o estado das minhas roupas.

Enquanto nos beijávamos, ele passou um dedo da minha boceta para a minha bunda e vice-versa. Eu me inclinei em seu toque enquanto nos beijávamos, esperando que ele percebesse a dica e movesse minha calcinha para o lado para que pudesse me foder adequadamente.

Ele continuou a me provocar até que eu rompi o beijo. Eu não aguentava mais e o queria agora.

— Se você não me foder, eu vou...

— Você vai fazer o quê, passarinho? Quando você vai entender que sou eu quem está no controle do seu prazer?

Ele rosnou quando eu grunhi contra sua mão. Não me importava quem estava no controle do que, desde que tudo acabasse levando-o a me foder.

O prazer aumentou dentro de mim quando ele finalmente tirou minha calcinha e senti seus dedos chegarem perigosamente perto de onde eu mais precisava.

— Posso sentir como você está molhada daqui. — Ele murmurou vários palavrões antes de finalmente me dar o que eu estava desesperada. Ele enterrou um dedo dentro de mim e quase chorei de alívio.

Qualquer pensamento que tivesse de ser espertinha ou discutir com ele sobre sua necessidade de me provocar fugiu da minha mente. Tudo o que eu conseguia pensar era no orgasmo iminente e na rapidez com que sabia que ele me levaria até lá. Meu aperto na estante se intensificou enquanto gemia baixinho enquanto ele me fodia com os dedos, até que de repente ele parou de se mover.

— Você vai ter que ficar quieta, querida. Entendeu?

Assenti com a cabeça. Era como se ele estivesse me avisando sobre o que estava por vir, e não havia nada que eu pudesse fazer a não ser me preparar para a transa da minha vida.

E foi aí que tudo começou.

Nash segurou minha cintura com uma mão enquanto usava a outra para me levar para outra dimensão.

— Caralho. Você não sabe há quanto tempo eu estava esperando por isso. Só conseguia pensar nessa boceta doce quando deveria estar me concentrando em aprender minhas novas tarefas.

Eu podia sentir meu orgasmo aumentando e era como se ele também soubesse o que estava por vir, pois parou e tirou completamente a mão de mim.

Antes que pudesse me virar e gritar com ele em protesto, ouvi alguns barulhos e logo senti a cabeça de seu pau em minha bunda.

— Você achou que ia deixá-la na mão?

Antes que eu pudesse responder à sua pergunta, ele empurrou levemente minhas costas para baixo, forçando minha bunda a ficar mais saliente. Quando seu pau estava posicionado na minha entrada, prendi a respiração e me preparei para abraçar a sensação que sabia que estava prestes a fluir sobre mim. Quando ele deslizou para dentro de mim, precisei de tudo o que tinha para não gritar.

Senti-lo deslizar para dentro e para fora de mim me fez sentir como se estivesse caminhando pelo paraíso. Meu orgasmo não foi páreo para ele, pois logo meu corpo parecia estar fora de controle. Achei que ele poderia me dar um momento para recuperar o fôlego depois que tivesse passado do limite.

Mas ele não parou.

Ele me fodeu durante um orgasmo e parecia estar determinado a garantir que eu tivesse pelo menos mais um. Seu pau me penetrou com uma fome que eu não sabia que existia. Todo o meu corpo estava sensível, e não demorou muito para que outro orgasmo tomasse conta de meu corpo.

— Acho que não vou conseguir fazer isso de novo — eu sussurrei.

— Sim, o diabo é que você consegue — suas palavras soaram mais como grunhidos enquanto ele estocava em mim.

Eu não queria admitir que ele estava certo, mas então senti meu clímax aumentar mais uma vez. Nash não perdeu o ritmo quando estendeu a mão para a frente do meu corpo e encontrou meu clitóris.

— Pegue, passarinho. Pegue tudo isso.

Esse foi todo o incentivo que eu precisava. Mordi o lábio quando outro orgasmo tomou conta de mim. Nash continuou a deslizar seu pau para dentro e para fora até que ele também se juntou a mim.

— Eu amo você — ele disse entre as respirações profundas que estava tentando fazer. Ele fez o possível para não se encostar em mim. Foi um milagre não termos levado a estante de livros conosco.

A emoção saltou em minha garganta, embora eu mal o tenha ouvido por causa do fluxo de sangue em meus ouvidos.

— Eu também amo você.

Olhei para ele por cima do ombro quando finalmente recuperei o fôlego e disse:

— No mesmo horário na semana que vem? Desta vez na Beyond the Page?

A Beyond the Page era uma livraria da cidade que havia se tornado um ponto de encontro local para muitos estudantes universitários. Eu já tinha ido a ela algumas vezes. O ambiente da livraria era descontraído e era um ótimo lugar para sair temporariamente do campus.

Nash deu uma risadinha enquanto me ajudava a arrumar minhas roupas. Eu ri porque sabia que estava com uma aparência hilária, e ainda nem tinha visto meu cabelo.

— Não há nada que possamos fazer para consertar essa situação. — Apontei para minha meia-calça. — Vou me arrumar e tirar essa meia-calça, porque ela não serve para nada agora.

— Vou comprar um par novo para você. — Ele fez uma pausa enquanto admirava seu trabalho manual. — Por que você não me dá as chaves do seu carro e eu dirijo até a frente para que você não tenha que andar muito no frio? Então, quando voltarmos para a sua casa, posso compensá-la levando tudo tão devagar quanto você quiser.

Não pude deixar de sorrir para ele enquanto me inclinava na ponta dos pés para lhe dar um beijo.

— Ótimo plano, Sr. Henson.

EPÍLOGO
RAVEN

— Força, Nash! Vai!

Eu me vi torcendo por Nash quando os Bears entraram em campo mais uma vez. Eles estavam jogando contra a Universidade de Westwick, uma das rivais da Universidade de Brentson. Esse jogo acabou sendo uma partida local para ambas as equipes porque as escolas ficavam a trinta minutos de distância uma da outra, permitindo que os alunos e torcedores de ambas as universidades assistissem a esse confronto. Nash estava jogando muito bem, e eu esperava que os Bears conseguissem a vitória.

Era bom estar em um jogo de futebol americano. Era o último jogo da temporada, o que foi agridoce tanto para Nash quanto para mim. O fim da temporada significava que teríamos mais tempo juntos, mas eu também entendia o quanto o futebol americano significava para ele.

Isso lhe proporcionou uma maneira não apenas de pensar de forma inteligente quando se tratava de fazer grandes jogadas, mas também foi uma grande válvula de escape que o ajudou a liberar sua agressividade. E ele tinha muita.

Tomas ainda estava preso em algum lugar e, em alguns dias, me perguntava se Nash se arrependia de não ter matado o homem pelo que ele havia feito. Todo o incidente havia sido enterrado e escondido da maioria dos Chevaliers do campus. Nash mencionou que uma espécie de licença de ausência foi dada a Tomas. O homem que Tomas culpava por tudo isso, Van Henson, não tinha sido informado e sua carreira política ainda estava em andamento.

— Ei, Raven. Posso lhe perguntar uma coisa?

A pergunta de Bianca me tirou de meus pensamentos. Olhei para ela e dei um sorriso. Ela e eu decidimos que assistiríamos ao jogo de hoje juntas, juntamente com uma amiga dela que ainda estávamos esperando aparecer. Gostei de ter companhia enquanto via os Bears arrasarem.

— Claro. O que está acontecendo?

— Você recebeu o convite para o almoço?

— Que almoço?

— Aquele que minha irmandade está organizando. Pedi que a convidassem e notei que você não estava lá, então não sabia se você tinha ficado de fora da lista de convidados ou o quê.

— Eu recebi o convite, mas com tudo o que está acontecendo...

O reconhecimento apareceu nos olhos de Bianca.

— Tudo bem e eu entendo perfeitamente. Mas eu queria que você soubesse que queríamos estender o convite a você, caso queira vir e ver do que se trata. É só me avisar. Seria um pouco mais informal do que se fosse nosso recrutamento regular, mas...

Acenei com a cabeça e sorri.

— Com certeza vou avisar você, Bianca. Obrigada.

Nós duas nos voltamos para o jogo e observamos quando Nash fez um passe para Easton que saiu em disparada pelo campo.

— Parte de mim quer torcer por ele, porque estarei torcendo pelos Bears, mas também é uma merda.

Virei a cabeça ligeiramente para olhar para Bianca, embora não quisesse tirar meus olhos do campo.

— Você o odeia tanto assim?

— Você não tem ideia do quanto.

— Seu irmão sabe o quanto você não gosta dele?

Bianca deu de ombros.

— Acho que não. Ele provavelmente acha que é mais pelo fato de ele me tratar como uma irmã mais nova, mas...

Esperei que ela continuasse, mas como ela não o fez, perguntei:

— Você quer falar sobre isso?

— Não. — Vi Bianca balançar a cabeça duas vezes pelo canto do meu olho. — Essa é uma história para outro dia e deveríamos estar nos concentrando no jogo.

— Sabe de uma coisa? — Bianca disse alguns minutos depois.

— O quê?

— Estar na presença de qualquer coisa relacionada à Universidade de Westwick me assusta.

— Por que isso? — Eu já tinha ouvido falar da universidade, já que ela ficava tão perto de Brentson, mas nunca tinha estado lá. Pelo menos pelo que eu me lembrava.

Bianca deu de ombros.

— Acho que é a vibração que a universidade transmite que me afetou de forma errada. Visitei a Iris lá uma vez e parecia que havia uma nuvem escura sobre o lugar. Sinto-me mal pela Iris porque ela tem que ir para lá. Era ela quem deveria se encontrar conosco aqui.

Eu me perguntei onde ela estava antes de fazer minha pergunta.

— Ela não pode se transferir para a Brentson?

Bianca balançou a cabeça.

— Não. É uma tradição familiar que ela vá para Westwick, então ela está fazendo isso.

Bianca não deu mais detalhes, e sua breve história me fez sentir culpada por alguém que eu não conhecia. Puxei meu casaco com mais força ao redor do corpo, na esperança de cobrir o fato de que suas palavras me fizeram tremer. As mesmas vibrações que ela estava sentindo, eu também estava sentindo, e pensei que fosse apenas eu.

— Bianca?

Outra voz me afastou de meus pensamentos sobre como deve ser Westwick e me virei para encarar a pessoa que havia falado. Dei de cara com uma morena que havia pintado as pontas do cabelo de roxo. Fiquei olhando para ela por um momento para ver se a reconhecia, mas nada me chamou a atenção.

— Iris, ei! — Bianca puxou sua amiga para um abraço.

Voltei a olhar para o jogo de futebol para ficar de olho no que estava acontecendo. Quando voltei meu olhar para elas, notei que as duas tinham terminado de se abraçar.

— Iris, esta é Raven. Ela é namorada do meu irmão. Raven, esta é minha amiga, Iris.

Nós duas apertamos as mãos, e ela disse:

— Prazer em conhecê-la.

— Eu digo o mesmo — eu disse. — Vou descer e você pode se sentar do outro lado de Bianca.

Enquanto nos ajustávamos, me virei por acaso e descobri algo surpreendente. Meus olhos examinaram a multidão atrás de nós e viram um homem que parecia familiar, olhando na nossa direção. Demorei um segundo para perceber quem era e como me lembrava dele.

Soren Grant. A última vez que o vi foi no baile de gala da família Cross. O que ele estava fazendo no jogo e neste lado do campo?

Parecia que sua atenção estava voltada para Iris. Ele tinha que saber que eu o estava observando, certo? Por que ele não parava de olhar para ela?

Antes que pudesse dizer algo, o celular de Bianca tocou e me fez virar para olhá-la. Ela tirou o celular da bolsa e revirou os olhos.

— O que é? — perguntei.

— Nos últimos dois dias, tenho recebido mensagens de texto aleatórias de um número desconhecido.

Levantei uma sobrancelha antes de perguntar:

— O que dizia?

— Me avisando sobre algo. Quando mandei a mensagem de volta e pedi esclarecimentos, não obtive resposta. Então, bloqueei o número e eles me mandaram uma mensagem de outro número.

— Você se importa de me mostrar o que esse texto diz?

— Eu também quero ver — disse Iris.

Bianca deu de ombros e mostrou a mensagem para Iris antes de entregar o telefone para que eu pudesse ler a mensagem.

> Número desconhecido: Cuidado com o que você deseja, B.

Meu coração saltou para a garganta porque eu podia ver o caminho que isso poderia estar tomando, dado o que havia acontecido comigo uma vez e com Nash várias vezes. Nash e eu nunca descobrimos quem estava por trás daquelas mensagens, mesmo depois de mencioná-las a Kingston e ele ter mandado sua equipe investigar.

Devolvi o celular a Bianca.

— Está desejando alguma coisa?

— Que eu saiba, não. É muito estranho — ela respondeu.

— Talvez você devesse contar para Nash. — Fiz uma anotação para mim mesma para contar a Kingston quando tivesse a chance.

O rosto de Bianca se contraiu por um momento.

— Não é nada. Não quero deixá-lo preocupado.

Voltei meu olhar para o local onde vi Soren pela última vez e notei que ele não estava mais lá. Não mencionei nada do que acabara de notar para Bianca porque havia uma chance de eu ter imaginado tudo aquilo.

Não havia como não contar a Nash sobre as estranhas mensagens de texto que Bianca estava recebendo, especialmente se isso pudesse estar relacionado ao que estava acontecendo conosco. Eu não queria alarmá-la, mas se essas mensagens de texto estivessem apenas começando, não havia como dizer até onde iriam ou quanto perigo ela poderia estar correndo se estivesse agora no radar dessa pessoa.

Engoli os pensamentos sobre o que isso poderia significar e, em vez disso, me concentrei no jogo para o qual tínhamos assentos na primeira fila.

Quando os Bears ganharam, eu gritei de alegria. Demorou um pouco para que visse Nash depois do jogo, mas quando o vi, sorri para Iris e Bianca, que fizeram um pequeno aceno com a cabeça.

Antes que pudesse dar um passo, Nash estava correndo em minha direção e me puxou para seus braços. Quando seus lábios pousaram nos meus, eu soube que era ali que eu deveria estar.

Para sempre.

 # SOBRE A AUTORA

Bri adora um bom romance, especialmente aqueles que envolvem um anti-herói quente. É por isso que ela gosta de aumentar um pouco o nível em suas próprias histórias. Sua série Broken Cross é sua primeira série de dark romance.

Ela passa a maior parte do tempo com a família, planejando seu próximo romance ou lendo livros de outros autores de romance.

A The Gift Box é uma editora brasileira, com publicações de autores nacionais e estrangeiros, que surgiu no mercado em janeiro de 2018. Nossos livros estão sempre entre os mais vendidos da Amazon e já receberam diversos destaques em blogs literários e na própria Amazon.

Somos uma empresa jovem, cheia de energia e paixão pela literatura de romance e queremos incentivar cada vez mais a leitura e o crescimento de nossos autores e parceiros.

Acompanhe a The Gift Box nas redes sociais para ficar por dentro de todas as novidades.

 www.thegiftboxbr.com

 /thegiftboxbr.com

 @thegiftboxbr

 @GiftBoxEditora